KB175584

Wild Animals I Have Known

옮긴이 김세혁
부산에서 태어나고 자랐으며, 두 아이의 아빠로서 어린이·청소년 책에 각별한 애정과 관심을 가지고 있다. 이 세상의 모든 동물들이 자유롭게 살아가는 날이 오기를 바라며 이 책을 우리말로 옮겼다. 옮긴 책으로 《시간 사용법》과 《우리 몸은 대단해!》가 있다.

어니스트 시턴의
아름답고 슬픈 야생 동물 이야기

첫판 1쇄 펴낸날 2017년 2월 1일
3쇄 펴낸날 2017년 7월 20일

지은이 어니스트 톰프슨 시턴 **옮긴이** 김세혁
발행인 김혜경 **편집인** 김수진
주니어 본부장 박창희
편집 한유경 진원지 김채은
디자인 전윤정 **마케팅** 정주열
경영지원국장 안정숙
회계 임옥희 양여진 김주연

펴낸곳 (주)도서출판 푸른숲
출판등록 2002년 7월 5일 제 406-2003-032호
주소 경기도 파주시 회동길 57-9 파주출판도시 푸른숲 빌딩, 우편번호 10881
전화 031) 955-1410 **팩스** 031) 955-1405
홈페이지 www.prunsoop.co.kr **이메일** psoopjr@prunsoop.co.kr

ISBN 979-11-5675-133-5 44840
978-89-7184-419-9 (세트)

푸른숲주니어는 푸른숲의 유아·어린이·청소년 책 브랜드입니다.

* 잘못된 책은 구입하신 서점에서 바꾸어 드립니다.
* 본서의 반품 기한은 2022년 7월 31일까지입니다.

이 도서의 국립중앙도서관 출판예정도서목록(CIP)은 서지정보유통지원시스템 홈페이지(http://seoji.nl.go.kr)와 국가자료공동목록시스템(http://www.nl.go.kr/kolisnet)에서 이용하실 수 있습니다.(CIP제어번호 : CIP2017001753)

Wild Animals I Have Known

어니스트 시턴의 아름답고 슬픈 야생동물 이야기

어니스트 톰프슨 시턴 지음 | 김세혁 옮김

푸른숲주니어

야생 동물에게도 느낌과 소망이 있다

이 책에 실린 이야기들은 전부 사실을 바탕으로 하고 있다. 순서를 지키지 못한 부분이 있기는 하지만, 여기에 실린 동물들이 실제로 존재했던 것만은 사실이다. 그 동물들은 이 책에 담긴 그대로의 삶을 살았다. 다만, 내가 이 책에 쓰고 그린 것보다 훨씬 더 멋지고 강인했다.

나는 자연사에서 동물들을 너무 평이하게 그려 내는 바람에 알게 모르게 많은 것들을 잃어버렸다는 생각이 든다. 열 쪽가량의 간단한 설명과 단순한 그림 몇 장으로 인간의 관습이나 풍습을 온전히 담아낼 수 있을까? 그 정도 분량이라면 차라리 특정한 위인의 삶을 풀어내는 데나 쓰는 편이 더 나을 듯싶다.

그래서 나는 이전과 다른 시선으로 동물들을 바라보고, 또 진심을 담아 그들의 이야기를 전하려 한다. 무관심하고 무성의한 눈으로 동물들을 바라보지 않고, 동물 하나하나가 가진 개성과 세계관에 주목하려는 것이다.

이 책에 등장하는 몇몇 동물들의 이야기 속에 이따금 다른 동물의 이야기가 섞여 들기도 해서 자칫 일관성이 없어 보일지도 모르겠다. 하지만 그것은 기록이 온전하게 남아 있지 않아서 생긴 일이므로 나로서도 어찌할 수가 없다.

설령 그렇다 해도 로보와 빙고, 페이서 이야기는 조금도 덧붙이거나 줄이는 일 없이, 있는 그대로의 사실을 담아내려 최선을 다했다.

로보는 1889년부터 1894년까지 들판에서 자유롭고 낭만적인 삶을 살았다. 뉴멕시코 주의 커럼포 지역에 사는 목장 주인들이 누구보다 잘 알고 있다시피, 1894년 1월 31일에 로보는 우리의 곁을 떠났다.

뉴욕에서 지내는 얼마간은 떨어져 있었지만, 빙고는 1882년부터 1888년까지 엄연히 나의 개였다. 이건 매니토바에 사는 내 오랜 친구들이 분명하게 증명해 줄 수 있다. 그뿐 아니라 콜리(스코틀랜드산 양치기 개)의 주인이었던 내 오랜 친구는 이 책을 읽으면서 자신이 키우던 개가 어떻게 죽었는지 비로소 알게 될 것이다.

검정 야생마 페이서는 로보와 비슷한 시기, 즉 1890년대 초반에 살았다. 페이서가 어떻게 죽었는지를 두고서 의견이 분분한 것만 빼고는 대체로 사실에 기대어 적었다. 몇몇 사람의 증언에 따르면, 녀석은 맨 처음 갇혔던 우리에서 목이 부러져 죽었다고 한다. 아쉽게도 칠면조 발자국 영감은 지금 그 문제에 답을 할 수 없는 곳에 가 있다.

울리는 두 마리의 개를 합쳐 놓은 것이라고 할 수 있다. 그 두 마리 개는 모두 잡종인데, 콜리의 피가 약간 섞여 있다. 울리 이야기의 앞부분은 녀석이 주인을 배신하고 잔인한 짓을 일삼게 된 후의 일을 그대로 옮긴 것이다.

다만, 뒷부분의 세세한 이야기는 울리가 아니라 녀석과 비슷하게 생긴 누렁이의 이야기다. 그 개는 낮에는 충실한 양치기 개로 지내다가, 밤만 되면 피에 굶주린 채 배신행위를 일삼는 괴물로 변신했다.

끔찍하게도 이런 일은 생각만큼 드물지가 않다. 이 이야기를 쓰고 난 뒤, 나는 이웃에 사는 작은 개들을 밤마다 재미삼아 죽이며 이중생활을 해 온 양치기 개에 관한 이야기를 들었다. 녀석은 이웃집 개를 스무 마리나 죽이고선 모래 속에 구덩이를 파서 교묘하게 숨겼다가 주인에게 발각되어, 울리처럼 그 자리에서 곧바로 목숨을 잃었다.

그야말로 지킬 박사와 하이드 같다고 하지 않을 수가 없다. 나는 이런 종류의 개들을 여섯 마리나 더 알고 있다. 그런데 희한하게도 이런 일들은 모두 콜리 종에게서만 일어난다.

실버스팟, 래기러그, 빅슨은 실제 성격 그대로를 그려 내려 무진장 애를 썼다. 각기 종이 다른 동물들과 얽힌 모험담을 섞기는 했지만, 대부분의 사건은 체험에서 비롯된 것이다.

이 책에 적은 내용들이 모두 사실이라는 걸 자꾸 강조하는 이유는 이 모든 이야기가 비극이기 때문이다. 야생 동물의 삶은 항상 비극으로 끝난다.

이러한 이야기들은 어떤 상식적인 생각, 그러니까 우리가 '도덕'이라고 부르는 것을 자연스럽게 떠올리게 만든다. 물론 사람들은 도덕을 자신의 취향에 따라 다르게 바라보고 또 생각할 것이다. 어쨌거나 나는 사람들이 이 책을 읽고 나서 성경처럼 오래된 가치와 기준을 가진, 하나의 도덕을 발견하게 되기를 바란다.

우리는 야생 동물과 더불어 살아간다. 모두가 친척이라고 해도 과언이 아니다. 인간에게 있는 것은 동물에게도 반드시 남아 있다. 그것이 비록 미미한 흔적일지라도……. 마찬가지로 동물에게 있는 것은 인간에게도 반드시 있다. 아주 사소한 부분일지라도…….

그러니까 동물들도 우리처럼 (약간의 차이가 있을지는 모르지만) 느낌이나 소망을 가진 생명체들이다. 그만큼 그들에게는 그들 나름의 권리가 분명하게 있는 것이다.

우리는 이런 사실을 이제야 인식하기 시작했지만, 이미 오래전에 모세를 통해 널리 알려졌다. 불과 이천여 년 전에는 불교도에 의해서 강조되기도 했다.

이 책은 나의 아내 그레이스 갤러튼 톰프슨 시턴과 함께 만들었다. 본문에 나오는 그림은 내가 그렸지만, 표지를 비롯한 여러 디자인은 모두 아내의 작품이다.

내 아내에게 고마운 마음을 전한다.

E. T. S.

차례

전설의 늑대왕, 로보

뉴멕시코 주 북부에 있는 커럼포는 광활한 목축 지대이다. 초원이 많아서 그런지 사방에 목장이 널려 있는 데다, 꼭대기는 평평하지만 가장자리는 깎아지른 듯한 메사(탁자 모양의 지형)가 군데군데 솟아 있었다.

메사 사이로 이리저리 구불구불하게 흐르는 물줄기들이 커럼포 강에서 하나로 모였다. 사실 커럼포란 지명도 그 강 이름에서 비롯되었다. 그런데 그 지역에 맹위를 떨치는 포악한 왕이 있었으니, 바로 늙은 잿빛 늑대 로보였다.

멕시코 사람들은 그 잿빛 늑대를 '로보'(그 지역 사람들이 사용하는 에스파냐어로 '늑대'라는 뜻이다.)라고 불렀다. 무엇보다 덩치가 어마어마하게 커서 어디서나 눈에 확 띄었다. 로보는 몇 해 전부터 커럼포 계곡을 휘젓고 다니며 약탈을 일삼고 있는 늑대 무리의 우두머리였다. 그 일대의 양치기나 목장 주인치고 녀석을 모르는 이는 한 명도 없었다. 녀석이 무리와 함께 나타나면 그 주변의 소 떼가 일제히 공포에 휩싸였으며, 목장 주인들은 분노와 절망감으로 치를 떨었다.

늑대 왕 로보는 무리 가운데서도 덩치가 가장 컸는데, 큰 몸집에 걸맞게 힘이 세었을 뿐 아니라 교활하고 강인하기까지 했다. 한밤중에 울려 퍼지는 울음소리만으로도 사람들은 로보를 다른 늑대와 쉽게 구별했다.

여느 늑대라면 목동의 캠프를 제아무리 울부짖으며 돌아다녀도 눈 하나 깜빡하지 않겠지만, 이 늙은 늑대 왕이 크게 울부짖는 소리가 골짜기 아래로 퍼져 내려올 때는 정신을 바짝 차리지 않으면 안 되었다. 다음 날 아침이면 어김없이 소 떼가 습격을 받았다는 참혹한 소식이 들려오기 때문이었다.

늑대 왕 로보의 무리는 그 수가 많지 않았는데, 그것은 잘 이해가 되지 않는 부분이다. 로보 정도의 지위와 힘을 가진 늑대라면 더 많은 부하를 거느리는 것이 오히려 예사로운 편이니까. 어쩌면 녀석은 이만한 부하들로도 충분하다고 여겼을지도 모른다. 아니면 녀석이 하도 사나워서 부하들이 더 이상 모이지 않았는지도…….

어쨌든 말년에는 녀석이 겨우 부하 다섯 마리만 거느리고 다녔다. 부하들은 하나같이 몸집이 컸는데, 그중에서도 부대장은 다른 녀석들보다도 훌쩍 더 컸다. 하지만 그 녀석조차도 대장에

비하면 덩치나 용맹함에서 비교가 되지 않았다.

대장과 부대장 말고도 눈에 띄는 늑대가 두 마리 더 있었다. 그 가운데 한 마리는 멕시코 사람들이 블랑카(에스파냐어로 '흰색'이라는 뜻)라고 부르는 희고 아름다운 늑대였다. 녀석은 암컷이었는데, 아마도 로보의 짝인 듯싶었다. 그리고 다른 한 마리는 누런색 늑대였다. 동작이 워낙 재빨라 영양을 여러 차례 잡았다고 했다.

이 늑대들은 목동과 양치기 사이에서 유명세를 떨쳤다. 시시때때로 목장에 모습을 드러냈을 뿐 아니라, 걸핏하면 울음소리로 공포감을 자아냈다. 목동이나 양치기들은 어떻게든 녀석들을 잡아 죽이려고 날마다 벼르고 또 벼렀다.

그 지역의 목장 주인들은 로보 무리 가운데 한 마리라도 잡아 죽이는 사람이 있다면, 그 머리 하나에 수송아지 몇 마리를 기꺼이 내놓을 준비가 되어 있었다. 그러나 이 늑대들은 마치 불사신이기라도 한 것마냥, 자신들의 목숨을 노리는 갖은 책략을 순식간에 물거품으로 만들어 버렸다. 녀석들을 잡기 위해서 나섰던 사냥꾼이란 사냥꾼은 죄다 실패를 하고 말았다. 어떤 독약으로도 녀석들을 속이지 못했다.

사람들 말에 따르면, 녀석들은 오 년 동안 커럼포의 목장 주인들에게서 날마다 암소 한 마리를 공물로 챙겼다고 한다. 말하자면 로보 일당은 값비싼 소를 이천 마리 이상 죽인 셈이었다. 녀석들이 최상의 소만 골라서 공격한다는 것은 이미 널리 알려진 얘기였다.

늑대는 항상 굶주림에 허덕여서 무엇이든 닥치는 대로 먹는다는 말이 있다. 하지만 로보 무리에게는 들어맞지 않았다. 이 약탈자들은 언제나 털에 반들반들 윤기가 돌았고, 몸 상태도 매우 좋았으며, 식성도 몹시 까다로웠다. 심지어 농장의 일꾼들이 죽여서 내버린 짐승은 거들떠보지도 않았다.

녀석들은 고작 한 살 난 암송아지를 죽인 뒤에도 가장 부드러운 부위만 골라서 먹었다. 늙은 소는 아예 상대도 하지 않았으며, 어쩌다 망아지를 잡기는 했지만 고기를 썩 좋아하는 것 같지는 않았다. 한 술 더 떠서, 양을 죽이는 일은 즐겨도 양고기는 입에 대지도 않는다나.

1893년 11월 어느 날 밤에는 블랑카와 누런 늑대 둘이서 이백오십 마리나 되는 양을 한꺼번에 죽였다. 그런데 단 한 점의 고기도 먹지 않았다. 순전히 재미삼아 그토록 잔인한 일을 벌였다는 것이다. 지금까지 밝힌 이야기는 이 난폭한 일당이 입힌 피해 중 일부에 불과하다. 녀석들을 처치하기 위해 목장 주인과 사냥꾼들이 해마다 갖가지 시도를 해 보았지만, 로보 무리는 아랑곳하지 않고 꿋꿋이 잘 살아 나갔다.

로보의 머리에는 어마어마한 현상금이 걸려 있었다. 그래서 온갖 종류의 독과 덫이 교묘한 방법으로 설치되었지만, 녀석은 단

한 번도 속아 넘어가는 법이 없었다. 로보가 무서워하는 것은 오로지 총뿐이었다. 녀석은 절대로 사람을 먼저 공격하지 않았다. 사람들이 총을 가지고 있다는 사실을 잘 알고 있기 때문이었다.

멀리서라도 사람이 보이면 도망을 치는 것이 로보 무리의 철칙이었다. 그래서 로보는 자기들이 죽인 것 외에는 그 어떤 것도 입에 대지 못하게 했다. 그 덕에 여러 차례나 목숨을 건졌다. 게다가 후각이 유난히 뛰어나서 사람이나 독약의 냄새를 재빠르게 감지했다. 그 덕분에 늑대 무리의 안전은 언제나 완벽하게 보장이 되었다.

한번은 늑대 왕 로보가 무리를 부르는 소리를 듣고 목동이 살그머니 다가가 보았다. 우묵한 곳에서 녀석들이 소 떼를 에워싼 채 공격하고 있었다. 그때 로보는 멀찌감치 언덕 위에 앉아 있었고, 블랑카와 다른 늑대들은 목표로 삼은 암송아지를 무리에서 떼어 놓기 위해 안간힘을 쓰고 있었다. 소 떼는 둥글게 모여선 뒤 머리를 바깥쪽으로 내민 채 뿔로 적들을 위협했다.

그런데 늑대들의 공격에 놀란 소 몇 마리가 대열 안쪽으로 허겁지겁 도망쳤다. 그 바람에 소 떼의 대열이 약간 흐트러지자, 늑대들은 그 틈을 놓치지 않고 재빨리 암송아지를 공격했다. 다행히 암송아지는 약간의 상처를 입는 데 그쳤을 뿐 치명상을 당하지는 않았다.

로보는 자기 부하들이 하는 꼴을 더 이상 보고 있을 수 없었

는지, 언덕에서 벌떡 일어나더니 크게 울부짖으며 소 떼에게로 달려들었다. 갑작스러운 공격에 놀란 소 떼의 대열이 또다시 한 순간에 무너져 버렸다. 로보는 곧장 그 가운데로 뛰어들었다. 잠시 후, 소 떼는 마치 폭발한 폭탄의 조각처럼 산산이 흩어지고 말았다.

로보가 목표물로 삼았던 암송아지는 이십여 미터도 가지 못하고 잡혔다. 로보는 암송아지의 등에 올라타더니, 목덜미를 꽉 물고는 땅바닥에다 있는 힘껏 내동댕이쳤다. 머리가 바닥에 곤두박질쳐진 암송아지가 받은 충격은 가히 말로 표현하기 어려울 정도였다. 로보는 공중에서 한 바퀴 돌고 난 뒤 잽싸게 균형을 잡았다.

순식간에 로보의 부하들이 그 불쌍한 암송아지에게 달려들어 숨통을 끊어 놓았다. 로보는 암송아지를 죽이는 일에는 가담하지 않았다. 녀석은 마치 이렇게 말하는 것 같았다.

"고작 이런 일 하나를 제대로 처리하지 못하다니……. 바보 같은 녀석들!"

목동이 고래고래 소리를 지르며 말을 타고 달려가자, 늑대들은 언제나 그랬듯이 일제히 도망을 갔다. 그러자 그는 암송아지의 시체에다 독을 바른 다음 재빨리 그 자리를 떠났다. 자기들이 죽인 거니까 마음놓고 먹지 않을까, 하고.

다음 날 아침, 목동은 녀석들 중 몇몇은 죽어 있을 거라는 기대를 가슴에 품은 채 그곳에 갔다가 크게 실망하고 말았다. 녀석들이 독을 발라 놓은 부분만 도려내고서 암송아지를 모조리 먹어 치웠던 것이다.

이런 일을 겪고 난 뒤, 목장 주인들의 공포감은 더욱더 커졌다. 해가 갈수록 녀석의 머리에는 더 많은 현상금이 걸렸다. 나중에는 늑대에게 걸린 현상금이라기엔 터무니가 없게도 1천 달러까지 올라갔다. 사실 그보다 적은 돈이 걸려 있을 때도 사냥꾼들은 시도 때도 없이 커럼포로 몰려들었다.

어느 날, 텍사스 출신의 삼림 경비원인 태너리가 현상금을 노리고 말을 탄 채 커럼포 계곡에 나타났다. 그는 최신식 총과 말, 사냥개 등 사냥에 필요한 만반의 준비를 갖추고 있었다. 이미 저 멀리 팬핸들(뉴멕시코 주와 오클라호마 주 사이에 있으며, 땅 모양이 손잡이처럼 툭 튀어나왔다고 해서 붙여진 지명) 지방의 평원에서 수많은 늑대를 잡은 경험이 있었다. 그래서 이번에도 이삼 일 안에 늑대 왕 로보의 머리 가죽을 벗겨 말안장에 매달 수 있으리라고 믿었다.

어스름한 여름날 새벽, 그들은 용감하게 사냥을 떠났다. 얼마 지나지 않아 개들이 짖는 소리가 들려왔다. 사냥감의 발자국을 발견하고 추적에 나섰다는 신호였다. 역시나 3킬로미터쯤 더 가자, 커럼포의 잿빛 늑대 무리가 눈에 들어왔다.

추적이 점점 맹렬해졌다. 사냥개들은 사냥꾼이 말을 타고 와서 총으로 쏘아 쓰러뜨릴 수 있도록 늑대 무리를 궁지로 몰아넣기만 하면 되었다. 사방이 탁 트인 텍사스 평원에서라면 그다지 어려운 일도 아니었다. 그러나 이곳은 지형이 사뭇 달랐다. 바위투성이 골짜기에다 커럼포 강의 지류들이 대초원을 사방으로 구불구불 가로지르고 있었다. 늙은 늑대가 말 탄 사냥꾼에게서 도망치는 일은 식은 죽 먹기나 마찬가지였다. 게다가 로보는 이곳의 지형을 사냥꾼보다 더 훤히 꿰뚫고 있었다.

로보 무리가 제각기 흩어져 달아나자, 개들도 뿔뿔이 나뉘어 뒤쫓기 시작했다. 늑대 무리는 멀리 달아났다가 어느 순간 다시 한자리에 모였다. 하지만 개들은 미처 한자리에 다 모이지 못하는 바람에 수적으로 열세에 놓였다. 그리하여 쫓는 쪽과 쫓기는

태너리가 사냥개들과 함께 로보를 쫓아 골짜기로 달려가고 있다.

쪽이 순식간에 뒤바뀌게 되면서, 오히려 사냥개들이 늑대 무리에게 물려 죽거나 치명상을 입는 일이 벌어졌다.

그날 밤 태너리가 사냥개들을 불러 모았을 때, 돌아온 것은 겨우 여섯 마리뿐이었다. 그나마도 둘은 어찌나 무참하게 공격을 당했던지 온몸이 상처투성이였다. 그 후 이 사냥꾼은 어떻게든 로보의 머리를 자기 손으로 잘라 내려고 두어 번 더 시도를 했지만, 안타깝게도 처음만큼의 성과도 올리지 못했다.

심지어 마지막엔 그가 가장 아끼던 말이 절벽에서 떨어져 죽고 말았다. 결국 그는 늑대 무리를 추적하는 일을 포기하고 넌덜머리를 내면서 텍사스로 돌아가 버렸다. 그 뒤로 로보는 그 일대의 폭군으로서 전보다 더 기세를 올리며 의기양양하게 돌아다녔다.

이듬해에도 사냥꾼 두 사람이 현상금을 노리고 커럼포에 나타났다. 그 둘은 자신들이야말로 이 악명 높은 늑대를 단숨에 처단할 수 있는 유일한 승리자라고 큰소리를 뻥뻥 쳤다. 한 사람은 새로 만든 독약을 이전과 다른 방식으로 놓겠다고 했다. 또 한 사람은 프랑스계 캐나다 인이었는데, 로보가 전설의 마법 늑대여서 보통의 방법으로는 죽일 수 없다며 독약에다 마법의 주문을 걸기로 했다.

그러나 새로 제조한 독약도, 마법의 주문도 이 잿빛 파괴자에게는 전혀 먹히지 않았다. 녀석은 여전히 일주일에 한 번씩 마을을 돌아다니며 한바탕 잔치를 벌였다. 두 사냥꾼은 너무너무 낙담한 나머지, 겨우 몇 주일 만에 두 손을 들고 말았다.

1893년 봄, 조 캘런은 로보를 잡기는커녕 굴욕적인 경험까지 해야 했다. 그 커다란 늑대는 적들을 한낱 비웃음거리로 여기는 듯했다. 그만큼 자신감이 하늘을 찔렀던 것이다.

조의 목장은 커럼포 강의 작은 지류 가장자리에 있었는데, 물줄기가 그림처럼 아름다운 골짜기를 따라 흘러 내려갔다. 그해에 조의 목장에서 1킬로미터도 떨어지지 않은 동굴에서 로보와 블랑카는 보금자리를 만들고 새끼들을 낳아 길렀다. 그러면서 여름 내내 조의 목장에서 소와 양, 개 들을 물어 죽였다. 조는 목장 주변에다 독약과 덫을 설치해 보았지만 아무짝에도 쓸모가 없었다.

오히려 녀석들은 동굴이 수도 없이 널려 있는 절벽에서 편안하게 살아가고 있었다. 녀석들을 동굴에서 몰아내려고 입구에다 연기를 피우기도 하고, 다이너마이트를 터뜨리기도 했지만 모두 다 부질없었다. 녀석들은 상처 하나 입지 않은 채 동굴에서 기어 나와 약탈을 이어 갔다.

조는 절벽을 가리키며 침통한 표정으로 중얼거렸다.

"지난여름에 녀석들이 살던 곳입니다. 도무지 손을 쓸 수가 없었어요. 녀석들이 아마도 나를 바보로 생각하는 것 같습니다."

여기까지의 이야기는 모두 목동들한테서 들었다. 처음에는 도무지 믿기지가 않았다. 그러나 1893년 가을, 이 영악한 약탈자를 눈앞에서 직접 보고 난 뒤로는 고개를 끄덕이지 않을 수가 없었다. 나는 몇 년 전에 빙고와 함께 늑대 사냥꾼 노릇을 한 적이 있었다. 그러나 그 후로 한동안 내 직업은 책상 앞에 달라붙어 있어야 하는 일로 바뀌었다.

마침 생활의 변화가 필요하던 차에, 커럼포에서 목장을 운영하고 있던 친구가 이 약탈자들을 어떻게 해 줄 수 없겠느냐고 부탁해 왔다. 나는 기꺼이 친구의 초대를 받아들였다. 그리고 늑대 왕 로보를 하루라도 빨리 보고 싶은 마음에 곧바로 이곳으로 달려왔다.

나는 며칠 동안 이리저리 돌아다니며 커럼포의 지형을 익혔다. 이따금 가죽이 드문드문 붙어 있는 소의 해골이 보이기도 했다. 그때마다 나를 안내하던 사람이 "녀석들의 짓입니다." 하고 나직이 일러 주었다.

나는 이 황량한 땅에서 사냥개나 말과 함께 로보 무리를 추적하는 것은 부질없는 짓이라는 생각이 들었다. 차라리 독약이나 덫을 이용하는 편이 훨씬 더 나을 성싶었다. 그 당시에 우리에게는 로보를 잡을 만큼 큰 덫이 없었기 때문에 일단 독약을 사용해 보기로 했다.

늑대 왕 로보의 허를 찌르기 위해서 백 가지가 넘는 책략을 구상했다. 스트리크닌(신경 자극제로 쓰이는 독극물로, 일정량 이상을 먹으면 중추 신경 마비와 근육 강직, 경련 등을 일으킨다.), 비소, 사이안화물(독성이 매우 강한 화합물), 청산 등 내가 써 보지 않은 것은 하나도 없었다. 나는 배경 지식을 모조리 동원해 곳곳에다 미끼를 놓았다. 그러나 아침에 결과를 보러 갈 때마다 기다리고 있는 것은 허탈감뿐이었다. 녀석은 내가 상대하기에는 너무나도 교활하고 영리했다. 녀석이 얼마나 영리한지는 다음 예만으로도 충분히 짐작할 수 있을 것이다.

전문적으로 덫을 만드는 어느 노인의 충고에 따라, 나는 갓 잡은 한 살짜리 암송아지의 콩팥에다 치즈를 섞은 후 도자기 그릇에 담아 팔팔 끓였다. 그러고는 치즈 범벅이 된 고기를 식혀서 몇 덩어리로 잘랐다. 혹여라도 고기를 썰 때 쇠붙이 냄새가 밸까 봐 일부러 뼈로 만든 칼을 사용하기까지 했다.

스트리크닌과 사이안화물은 독한 냄새가 나지 않도록 조그만 통에 담은 후 입구를 치즈로 틀어막았다. 나는 작업하는 내내 암송아지의 뜨거운 피를 묻힌 장갑을 끼었으며, 미끼에 숨결이 닿는 것조차 피하려 애를 썼다.

모든 준비를 마친 다음, 암송아지 피를 바른 생가죽 가방에 미끼를 챙겨 넣었다. 그리고 그것과 별도로 암송아지의 간과 콩팥을 밧줄로 꽁꽁 묶은 뒤 안장에 매달아 바닥에 질질 끌리게 했다. 그다음에는 말을 타고 가면서 400미터마다 미끼를 하나씩 떨어뜨렸다. 15킬로미터쯤 간 뒤에는 그 어디에도 흔적이 남지 않도록 극도로 주의를 기울였다.

로보는 대체로 매주 초에 이 지역에 나타났다. 주말에는 시에라그란데 기슭으로 가는 것 같았다. 월요일 밤, 막 잠자리에 들려고 할 때에 녀석의 깊고 낮은 울음소리가 들렸다.

그러자 일행 중 한 명이 낮게 중얼거렸다.

"놈이 왔어요."

나는 결과가 궁금한 나머지, 다음 날 해가 뜨자마자 미끼를 던져 둔 곳으로 달려갔다. 아니나 다를까, 약탈자들의 발자국이 어지럽게 흩어져 있었다. 역시나 로보가 앞장을 선 모양이었다. 녀석의 발자국은 어디서나 한눈에 드러나 보였다. 보통 늑대의 앞발은 발톱에서 뒤꿈치까지의 길이가 11센티미터가량이었다. 설령 좀 크다 해도 12센티미터를 넘지 않는데, 로보의 발자국은 무려 14센티미터나 되었다.

처음에는 믿기지가 않았지만, 몇 번을 재어 보아도 결과는 바뀌지 않았다. 훗날에 녀석을 실제로 보고서야, 발자국 크기에 걸맞게 몸집이 크다는 걸 알았다. 녀석은 어깨 높이가 90센티미터였고, 무게는 70킬로그램이나 되었다. 그래서 녀석의 발자국은 부하들의 그것과 아무리 겹쳐도 금방 알아볼 수밖에 없었다.

일단 로보 무리는 내가 바닥에 질질 끌면서 지나간 미끼의 냄새와 흔적을 쫓아간 듯했다. 로보가 첫 번째 미끼를 발견하고서 냄새를 맡아 본 후 입에 물고 간 것이 틀림없는 듯했다.

나는 기쁨의 탄성을 내질렀다.

"드디어 잡았어. 이제 1킬로미터도 채 안 가서 놈의 시체를 볼 수 있겠는걸."

나는 모래 위에 찍힌 녀석의 커다란 발자국을 이글거리는 눈길로 바라보며 전속력으로 말을 달렸다. 발자국은 두 번째 미끼 쪽으로 나 있었는데, 그것 역시 사라지고 없었다. 그 순간, 나는 기쁨을 주체할 수가 없었다. 나는 얼마 안 가서 로보 무리의 시체가 땅에 널브러져 있는 것을 보게 되리라고 확신했다.

그러나 땅에는 커다란 발자국이 계속 이어지고 있었다. 등자(말을 탔을 때, 두 발을 디디는 발판)에 발을 건 채 일어서서 벌판을 살펴보았지만, 늑대의 시체는 그 어디에서도 보이지 않았다.

다시 발자국을 찬찬히 따라가 보았다. 세 번째 미끼도 사라지고 없었다. 네 번째 미끼가 있는 곳까지 가서야 나는 녀석이 미끼를 입에 물고 옮기기만 했다는 사실을 깨달았다. 네 번째 미끼 위에 앞의 미끼 세 덩이가 차곡차곡 쌓여 있었던 것이다.

녀석은 내 잔꾀를 비웃기라도 하듯, 그 위에 오줌까지 휘갈겨 놓았다. 그러고 나서 내가 미끼를 끌고 다녔던 길에서 벗어나, 부하들과 함께 유유히 제 갈 길을 가 버렸다. 결국 녀석이 이긴 셈이었다! 이 일을 겪으면서, 독으로는 결코 이 약탈자를 잡을 수 없다는 사실을 뼈저리게 깨달았다.

사실, 이번 일 말고도 비슷한 경험을 이미 여러 차례 했다. 그런데도 덫이 도착할 때까지는 계속 독을 사용할 수밖에 없었다. 로보 같은 맹수들을 잡는 데는 독만큼 확실한 수단이 없었기 때문이다.

그 무렵, 로보가 얼마나 교활한지를 알 수 있는 일이 또다시 일어났다. 로보 무리는 배를 채우기 위해서가 아니라 단지 재미로 양들을 마구 죽였다. 양은 대개 천에서 삼천 마리 정도를 한두 명의 양치기가 관리했다.

밤이 되면 그들은 으레 양 떼를 가장 안전하다고 생각되는 곳에 몰아넣고서 각기 가장자리 쪽에서 보초를 섰다. 양은 작은 소동에도 깜짝 놀라서 수선을 피우는 짐승이었다. 하지만 다행스럽게도 한 가지 장점을 지니고 있었다. 자신들의 우두머리에게는 무조건 복종하는 습성을 지녔던 것이다.

양치기들이 양 떼 속에 염소 대여섯 마리를 섞어 놓는 것은 바로 그 때문이었다. 양들은 수염이 난 이 친척들을 자기들보다 훨씬 더 똑똑하다고 여겼다. 그래서 어쩌다 밤에 무슨 일이라도 생길 때면 약속이라도 한 듯이 그 주위로 모여들어서 위기를 모면하곤 했다. 물론 늘 그럴 수 있는 건 아니었다.

지난해 11월의 어느 날 밤, 페리코 마을의 양치기 둘이 늑대의 습격을 받자마자 잠에서 깼다. 양 떼는 여느 때처럼 염소 주위로 모여들었다.

염소들은 바보도 겁쟁이도 아니었으므로, 그 자리에서 한 발자국도 움직이지 않은 채 용감하게 늑대들과 맞섰다. 그러나 안타깝게도 이번에 나타난 적은 보통의 늑대가 아니었다.

늑대 왕 로보는 염소들이 양들의 정신적 지주라는 것을 양치기만큼이나 정확하게 꿰뚫고 있었다. 녀석은 한데 모여 있는 양떼를 풀쩍 뛰어넘어서 곧장 염소에게로 달려들었다. 그러고는 눈 깜짝할 새에 모조리 물어뜯어 죽여 버렸다. 그 끔찍한 광경을 보고 겁에 질린 양들은 연방 울음소리를 내뱉으며 사방팔방으로 흩어져 달아나기 시작했다.

그 일이 있은 후로, 나는 꽤 오랫동안 얼굴에 수심이 가득한 양치기들의 질문에 시달려야 했다.

"혹시 오토(OTO) 낙인이 찍힌 양을 본 적이 있습니까?"

나로선 사실대로 말할 수밖에 없었다. 내 대답은 거의 이런 식이었다.

"예, 봤습니다. 다이아몬드 샘 근처에 대여섯 마리가 죽어 있던걸요."

어떤 날은 말파이 산 근처에서 떼지어 달리고 있는 것을 본 적이 있다고도 알려 주었다. 또 이렇게 대답하기도 했다.

"아니요. 하지만 후안 메이라가 세드라 산에서 스무 마리가량 죽어 있는 것을 이틀 전엔가 본 적이 있다더군요."

드디어 늑대를 잡을 덫이 도착했다. 나는 동료 두 사람의 도움을 받아 가며 일주일 동안 꼬박 덫을 설치하는 데 매달렸다. 이번만큼은 꼭 성공하리라고 확신했기에 그 어떤 수고도 마다하지 않았다.

덫을 설치하고 나서 이틀째 되는 날, 말을 타고 현장을 조사하러 나갔다가 로보가 덫과 덫 사이로 뛰어다닌 발자국을 발견했다. 간밤에 녀석이 어떤 짓을 했는지는 모래 위에 흔적으로 고스란히 남아 있었다.

녀석은 깜깜한 어둠 속에서도 우리가 공들여 숨겨 둔 덫을 금방 알아차렸다. 그래서 부하들이 앞으로 가는 것을 막은 다음, 주변을 샅샅이 파헤쳐 덫과 쇠사슬, 그리고 그것에 매달아 놓은 통나무를 모두 찾아냈다. 아직 용수철이 튀지 않은 덫은 일부러 눈에 잘 띄도록 밖으로 드러내 놓기까지 했다. 녀석은 열 개가 넘는 덫을 모두 그렇게 무용지물로 만들어 버렸다.

그 일이 있고 나서 오래지 않아, 나는 녀석이 길에서 이상한 기미가 보이면 일단 멈춰 섰다가 옆으로 슬쩍 피해 간다는 사실을 알아챘다. 따라서 녀석을 속이기 위해서는 새로운 계획이 필요했다. 일단 덫을 H자 모양으로 설치하기로 했다. 즉 늑대가 지나가는 길 양쪽으로 덫을 죽 늘어놓은 다음, 그 사이에 H자의 가로획에 해당하는 모양으로 덫을 또다시 설치하는 것이다.

그러나 이것 역시 아쉽게도 실패로 돌아가고 말았다. 길을 따라 걷던 로보는 아무 눈치도 채지 못한 채, 가운데에 있는 덫 가

까이로 다가갔다. 그러다 갑자기 그 앞에서 걸음을 뚝 멈추어 섰다. 거기에 덫이 설치되어 있다는 걸 녀석이 어떻게 알아챘는지는 도무지 알 길이 없었다. 녀석의 곁에 혹시 야생 동물의 수호천사라도 있는 걸까?

로보는 왼쪽으로도 오른쪽으로도 방향을 틀지 않고, 자기 발자국을 그대로 따라 밟으며 조심스럽게 뒷걸음질을 쳤다. H자의 바깥쪽으로 돌아나온 뒤에는 흙과 돌멩이를 뒷발로 힘껏 차서 덫에 달린 용수철이 모조리 튀어 오르게 했다. 이번에도 녀석은 무사히 덫을 피했다.

나는 갖은 방법을 다 써 보았다. 제아무리 주의를 기울여서 작업을 해도 녀석은 결코 속아 넘어가는 법이 없었다. 녀석의 머리를 당해 낼 방법이 도무지 없어 보였다. 불행하게도 다른 늑대와 얽히지만 않았더라면, 지금 이 시각에도 녀석은 여유를 즐기며 약탈을 계속하고 있었을 것이다. 혼자였다면 절대로 무너지지 않았을 테니까. 어쨌든 로보는 수많은 비운의 영웅들이 걸어간 길을 따라가야 했다. 믿었던 동료의 경솔한 행동 때문에 녀석은 결국 몰락의 길로 들어서고 말았다.

커럼포에 있는 늑대 무리의 행동이 언제나 빈틈없는 것만은 아니라는 증거를 두어 번 목격했다. 녀석들 사이에서도 어떤 이유에서든 종종 규칙이 깨지는 것 같았다. 때때로 우두머리인 로보를 앞질러서 작은 발자국이 나 있었다. 하지만 어느 목동이 설명해 주기 전까지는 그 이유를 정확하게 파악하지 못했다.

"오늘 그 녀석들을 보았는데요. 제멋대로 앞서 나가는 놈이 있더라고요. 자세히 보니, 블랑카였어요."

그제야 수수께끼가 확 풀리는 듯했다. 나는 이렇게 대꾸했다.

"블랑카는 암컷이 분명해. 만약 수놈이 그런 짓을 했다면 로보가 내버려 뒀겠어? 진작에 죽여 버렸을 테지."

어쨌든 그 덕분에 새로운 계획을 세울 수 있게 되었다. 나는 암송아지를 죽인 뒤, 시체 주변에다 덫 두 개를 짐짓 눈에 잘 띄게 설치했다.

그러고 나서 늑대들이 평소엔 거들떠보지도 않는 소머리를 일부러 조금 더 떨어진 곳에 놓아두었다. 물론 그 주위에는 냄새가 나지 않도록 약품 처리를 한 강철 덫 여러 개를 은밀하게 파묻어 놓았다.

나는 이번에도 손과 신발, 장비에 생피를 바른 채로 작업을 했다. 마치 머리에서 뽑어져 나온 것처럼 보이도록 하기 위해서 바닥에다 일부러 피를 흩뿌려 놓기도 했다. 땅속에 덫을 잘 묻은 다음에는 코요테 가죽으로 몇 번 쓸고서 그 위에다 발자국을 수도 없이 찍어 두었다. 그리고 송아지 목에 덫 두 개를 매단 뒤 수

풀 속에 휙 던져 놓았다.

늑대란 놈들은 시체 냄새가 나면 먹고 싶은 생각이 없더라도 일단 가까이 가서 살펴보는 버릇이 있었다. 녀석들의 이런 버릇을 새로운 계획에 이용해 보기로 했다. 물론 로보는 내가 고기에 손을 댔다는 것을 금세 알아차리고, 부하들이 그곳에 접근하지 못하도록 막으려 할 터였다. 그것을 역이용할 참이었다. 마치 버려진 것처럼 보이도록 아무렇게나 던져 둔 송아지 머리 쪽에다 희망을 건 셈이었다.

다음 날 아침 해가 떠오르자마자, 나는 덫을 확인하러 마치 날아가듯이 달려갔다. 이렇게 기쁠 수가! 기대한 대로 로보 무리는 다녀간 흔적을 고스란히 남겨 두었다.

그런데 이상하게도 송아지 머리와 거기에 매달아 놓은 덫이 보이지 않았다. 발자국을 찬찬히 살펴보니, 로보가 고깃덩어리에 다가가지 못하도록 말렸는데도 작은 늑대 한 마리가 좀 떨어진 곳에 있던 송아지 머리 쪽으로 가까이 갔다가 덜커덕 덫에 걸린 듯했다.

발자국을 따라 채 몇 킬로미터도 가지 않아, 덫에 걸린 늑대가 블랑카라는 사실을 알아차렸다. 블랑카는 50킬로그램이나 되는 송아지 머리를 끌고 달리는데도 맨몸으로 쫓아가는 내 친구보다 훨씬 더 앞섰다.

우리는 바위로 둘러싸인 곳에 이르러서야 녀석을 가까스로 따라잡았다. 송아지 머리에 달린 뿔이 바위에 걸리는 바람에 녀석이 앞으로 더는 나아가지 못했던 것이다. 그 암늑대는 여태까지 내가 본 것들 중에서 가장 멋졌다. 놀랍게도 털가죽이 눈처럼 새하얀 순백에 가까웠다.

블랑카는 곧장 돌아서서 공격 태세를 취했다. 곧이어 자신의 동료들을 불러 모으기 위해 길게 울부짖었다. 그 소리는 골짜기를 따라 멀리멀리 퍼져 나갔다. 메사 저 너머에서 늑대 왕 로보가 낮은 울음소리로 응답했다. 그러나 블랑카는 더 이상 울음소리를 내지 못했다. 그러는 사이에 바짝 다가선 우리 일행과 온 힘을 다해 결투를 벌여야 했기 때문이다.

잠시 후 피할 수 없는 비극이 벌어지고 말았다. 지금도 그 생각만 하면 가슴 한켠이 아릿하게 저려 오곤 한다. 우리는 궁지에 몰린 블랑카의 목에 밧줄을 던져서 건 후에 서로 반대 방향으로 말을 몰았다. 이윽고 블랑카의 입에서 빨간 피가 뿜어져 나왔다. 얼마 지나지 않아 눈에서 힘이 스르르 사라지더니, 괴로운 듯 사지를 뒤틀다가 이내 축 늘어져 버렸다.

로보 일당에게 처음으로 심각한 일격을 가한 셈이었다. 우리는 한껏 의기양양해하며 죽은 늑대를 말에 싣고 집으로 돌아왔다.

이 비극이 일어나고 있는 동안에도, 그리고 우리가 말을 타고 집으로 돌아오는 중에도 로보의 울음소리는 계속해서 들려왔다. 주변을 배회하며 블랑카를 애타게 찾고 있는 것이 틀림없었다.

녀석은 결코 블랑카를 포기하지 않을 터였다. 하지만 자기가 구할 수 없다는 사실도 분명히 알고 있는 듯했다. 총에 대해 뿌리 깊은 두려움을 갖고 있었기 때문이다. 녀석은 우리가 총을 가지고 있는 것을 보았을 것이다. 그래서 그날 내내 짝을 구하지 못해 안달하며 구슬피 울어 대기만 했으리라.

나는 일행 중 목동에게 이렇게 중얼거렸다.

"자네 말대로야. 블랑카가 녀석의 짝이었던 게 확실해."

해가 산 너머로 기운 뒤로는 로보의 울음소리가 점점 더 크게 들려왔다. 목장의 오두막이 있는 골짜기 쪽으로 가까이 와 있는 모양이었다. 정녕 슬픔에 젖어 있는 목소리였다. 그 전의 우렁차고 도전적인 울음소리가 아니라 애처롭고 처절한 통곡 소리였다. 녀석은 마치 "블랑카! 블랑카!" 하고 애절하게 소리쳐 부르는 듯했다.

밤이 한창 깊어 갈 때, 나는 녀석이 우리가 블랑카를 잡았던 장소에서 그리 멀지 않은 곳에 있다는 것을 알아챘다. 발자국을 쫓아서 블랑카가 죽은 곳까지 달려온 게 분명했다. 녀석은 가슴이 찢어지는 듯 비탄에 잠긴 울음소리를 연방 내질렀다. 너무나 슬퍼서 차마 듣고 있기가 괴로울 지경이었다.

나로서는 도저히 감당하기 어려운, 슬프디슬픈 울음소리였다. 무신경하기 그지없는 목동들조차도 그 소리를 듣고는 이렇게 말할 정도였다.

"저렇게 슬피 우는 것은 한 번도 들어 본 적이 없는걸."

녀석은 블랑카의 피가 땅에 흥건히 고여 있는 것을 보고 무슨 일이 일어났는지 단박에 알아차렸을 것이다.

그러고 나서 로보는 말발굽 자국을 따라 목장 주인의 집까지 왔다. 블랑카를 찾겠다는 마음으로 왔는지, 아니면 복수를 하러 왔는지는 알 수 없었지만. 아무튼 그곳에서 녀석의 눈에 맨 먼저 띈 것은 자기 짝을 죽인 원수였다. 문을 지키고 있던 사냥개를, 지지리도 운이 나쁜 그 사냥개를 문간에서 4, 5미터가량 떨어진 곳까지 질질 끌고 가서 갈기갈기 찢어 죽였다.

다음 날 아침에 가서 보니, 단 한 마리의 발자국만 찍혀 있었다. 로보 혼자서 왔다 간 게 틀림없었다. 그런데 녀석은 평소답지 않게 이리저리 마구 뛰어다닌 것 같았다.

나는 이런 일이 일어날 것을 미리 예상하고 목장 주변에다 덫을 미리 몇 개 설치해 두었다. 로보는 그 가운데 하나에 걸려들기는 했지만, 굉장한 힘으로 덫을 떼어서 바닥에 내동댕이쳐 버렸다.

블랑카의 시체를 두 눈으로 확인하기 전에는 로보가 이 근처를 떠나지 않을 것이라는 생각이 들었다. 나는 녀석이 심란해하는 틈을 놓치지 않기 위해 작업에 심혈을 기울였다. 그러다 문득 블랑카를 죽인 것이 큰 실수였다는 생각이 들었다. 블랑카를 사로잡아 미끼로 썼다면, 아마도 그다음 날 밤에 곧장 로보를 잡을 수 있었을 테니까.

나는 강철 덫을 모조리 그러모았다. 모두 백삼십 개가 모였다. 강철 덫을 골짜기로 통하는 길목마다 네 개씩 설치했다. 덫마다 굵은 통나무를 매단 뒤 땅속에 함께 묻었다. 그다음에 잔디와 흙을 다시 원래대로 해 놓았다. 사람의 손길이 닿은 흔적을 없애기 위해서였다.

덫을 다 묻고 나자, 가엾은 블랑카의 시체를 끌고 목장 주위를 한 바퀴 돌면서 냄새가 고루 배도록 했다. 그리고 마지막으로 블랑카의 앞다리를 잘라서 강철 덫이 묻혀 있는 흙 위에 이리저리 발자국을 찍어 놓았다. 비로소 내가 할 수 있는 조치는 모두 끝났다. 이제 결과를 기다리는 일만 남아 있었다.

그날 밤에는 로보의 울음소리가 들린 것 같기는 했지만 하도 아스라해서 확실치는 않았다. 다음 날 해가 뜨자마자, 나는 말을 타고 덫을 설치해 둔 곳들을 둘러보았다. 골짜기의 북쪽 지역을 다 돌아보기도 전에 해가 떨어지는 바람에 별다른 점을 발견하지 못한 채 발길을 돌렸다.

그런데 그날 저녁 식사 시간에 목동이 이런 말을 했다.

"오늘 아침에 저 북쪽 골짜기에서 소 떼가 한바탕 소란을 피웠어요. 아마도 뭔가가 덫에 걸렸나 봐요."

그다음 날, 그곳에 갔을 때는 이미 느지막한 오후였다. 내가 가까이 가자 커다란 잿빛 동물이 땅바닥에서 벌떡 일어나더니 달아나려고 안간힘을 쓰고 있는 것이 눈에 띄었다. 로보! 바로 커럼포의 왕이었다.

가련하게도 녀석은 덫에 단단히 걸려 있었다. 녀석은 짝을 찾아 헤매다가 블랑카의 발자국을 발견하고는 자기도 모르게 따라간 모양이었다. 그러다 녀석을 잡으려고 미리 설치해 둔 덫에 덜커덕 걸리고 만 것이었다.

녀석은 강철 덫 네 개에 꽉 물린 채 무기력하게 쓰러져 있었다. 주위에는 발자국이 어지럽게 흩어져 있었는데, 이 힘 잃은 폭군을 골려 주기 위해 소 떼가 몰려들었기 때문이다. 하지만 그 어떤 소도 감히 로보 가까이로 다가서지는 못했다.

녀석은 이틀 낮 이틀 밤을 그곳에 쓰러져 있었기 때문에 이미 지칠 대로 지쳐 있었다. 그래도 우리가 다가가자 털을 바짝 곤두세우고 일어서더니, 마지막으로 굵고 낮은 목소리로 울부짖었다. 도움을 청하기 위해 부하들을 불러 모으는 소리였다. 그러나 오래도록 아무런 대답도 들려오지 않았다. 이제 녀석은 궁지에 몰린 채 완전히 홀로 남은 셈이었다.

녀석은 온 힘을 다해 버둥거리며 나를 덮치려 했지만 아무짝에도 소용없는 짓이었다. 150킬로그램이 넘는 무시무시한 강철 덫이 네 다리를 꽉 물고 있는 데다, 무거운 통나무와 쇠사슬이 온통 뒤엉켜 있어서 옴짝달싹할 수가 없었다. 커다란 상아 같은 이빨로 이 잔혹한 쇠사슬을 얼마나 물어뜯었을지 짐작이 가고도 남았다.

용기를 내서 총으로 몸을 슬쩍 건드리자 순식간에 녀석이 총대를 꽉 물었다. 그 자국이 지금까지 남아 있을 정도로 아귀 힘이 엄청나게 셌다. 녀석의 눈은 증오로 파랗게 빛나며 이글거렸다. 그러더니 두려움에 떨고 있는 내 말을 향해 덤벼들며 허공에서 부드득 이빨을 갈았다. 그러나 배고픔과 몸부림, 출혈 때문에 지칠 대로 지쳐 있어서 이내 땅바닥에 퍽 하고 쓰러져 버렸다.

지금까지 수많은 동물들이 녀석에게 걸려들어 억울하게 죽어 간 만큼 나 역시 그대로 돌려줄 참이었다. 그런데 그 순간 묘하게도 양심의 가책 같은 것이 밀려왔다.

"늙은 무법자여, 무법 천지인 것마냥 마구마구 날뛰던 네 녀석도 고작 몇 분 뒤면 썩은 고깃덩어리 신세가 되겠구나. 그것이 바로 어쩔 수 없는 너의 운명이지."

나는 녀석의 머리 위로 올가미를 날렸다. 녀석은 아직 완전히 정복된 게 아니었다. 올가미가 목에 감기기 직전에, 그 굵고 단단한 밧줄을 날카로운 이빨로 두 동강 내서는 발밑으로 홱 팽개쳐 버렸다.

물론 나는 최후의 수단으로 총을 가지고 있었지만, 이 멋진 털가죽에 흠집을 내고 싶지는 않았다. 그래서 말을 타고 목장으로 전속력으로 달려가서, 새 올가미를 챙긴 다음 목동과 함께 되돌아왔다. 잠시 후 내가 나무토막을 휙 던져 주자, 로보는 그것을 이빨로 꽉 물었다. 우리는 그 순간을 놓치지 않고 올가미를 던져서 녀석의 목을 졸라맸다.

나는 로보의 매서운 눈에서 빛이 사라지기 직전에 목동에게 다급히 소리쳤다.

"그만둬! 산 채로 끌고 가게……."

로보는 완전히 탈진해 있었다. 우리는 로보의 입에 재갈을 물리고 굵은 밧줄로 턱을 단단히 휘감은 다음 막대에 꿰었다. 밧줄과 막대가 꽉 조이고 있어서 녀석은 더 이상 위험스런 존재는 아니었다. 턱이 결박당한 것을 알아차린 로보는 아무런 저항도 하지 않은 채 그저 조용히 우리를 바라보았다.

마치 이렇게 말하는 것 같았다.

"드디어 날 잡았군. 이제 마음대로 해 봐."

우리는 로보의 발을 꽁꽁 묶었다. 그런데도 녀석은 으르렁거리기는커녕 신음 소리 한 번 내지 않았다. 심지어는 고개조차 돌리지 않았다. 우리는 힘을 합쳐서 간신히 녀석을 말에 실었다.

로보의 숨소리는 마치 잠을 자고 있는 것처럼 편안해졌다. 눈은 다시 또렷이 빛났지만 우리 쪽으로는 눈길 한 번 주지 않았다. 녀석의 눈은 저 멀리 펼쳐진 벌판 쪽에 고정되어 있었다. 비록 부하들이 뿔뿔이 흩어져 아무도 남아 있지 않지만, 한때는 자신의 왕국이었던 그곳에……. 녀석을 실은 말이 골짜기를 따라난 길을 내려오는 동안, 로보는 벌판의 풍경이 바위에 가려 보이지 않을 때까지 눈을 떼지 않았다.

이윽고 목장으로 무사히 돌아오자, 우리는 로보의 목에 목걸이를 달고서 단단한 쇠사슬로 말뚝에 붙들어 매었다. 밧줄을 풀고 녀석을 처음으로 가까이에서 살펴보았다.

이 살아 있는 영웅에 대한 소문은 눈곱만치도 사실이 아니었다. 녀석의 목에는 황금으로 된 목걸이도 없었고, 어깨 위에는 악마가 들린 증거라는 거꾸로 된 십자가도 없었다. 하지만 한쪽 엉덩이께에는 상처 자국이 제법 크게 나 있었다. 태너리가 기르던 사냥개 유노에게 물린 자국이었다. 유노가 골짜기의 모래땅에서 죽기 직전에 녀석에게 마지막 선물로 안긴 것이었다.

고기와 물을 가져다주었지만, 녀석은 거들떠보지도 않았다. 조용히 옆으로 누운 채 힘없이 풀어진 두 눈으로 골짜기 저쪽의 아득한 벌판만을 바라볼 뿐이었다. 내가 몸을 슬쩍 건드려 보았지만 털끝 하나 움직이지 않았다.

해가 진 뒤에도 여전히 벌판 너머만을 바라보았다. 밤이 되면 녀석이 부하들을 불러 모을 터였다. 나는 거기에 대해 준비를 미리 해 두었다. 하지만 녀석은 궁지에 빠졌을 때 마지막으로 단 한 번 울부짖은 후로 다시는 소리를 지르지 않았다.

권좌를 빼앗긴 사자, 자유를 박탈당한 독수리, 짝을 잃은 비둘기……. 이들은 모두 심적인 충격으로 죽게 된다고 한다. 하지만 무시무시한 무법자 로보는? 과연 이 세 가지 충격을 한꺼번에

이겨 낼 수 있을까?

다음 날 아침, 나는 그 답을 명확히 알게 되었다. 로보는 여전히 그 자세 그대로 조용히 엎드려 있었다. 몸은 다치지 않았지만, 영혼은 이미 떠나 있었다. 늑대들의 늙은 왕이 운명한 것이었다.

나는 로보의 목에 걸린 쇠사슬을 푼 다음, 목동의 도움을 받아 녀석을 블랑카의 시체가 있는 헛간으로 옮겨 나란히 눕혔다.

목동이 나직한 목소리로 이렇게 말했다.

“그렇게나 짝이랑 있고 싶어 하더니……. 이제 소원을 이루었구나.”

현명한 지도자, 까마귀 실버스팟

이 세상에 야생 동물을 정확히 구별해 낼 수 있는 사람이 몇이나 될까? 어쩌다 숲에서 한두 번 마주친 동물이나, 우리 안에 갇혀 있는 동물을 말하는 게 아니다. 야생 상태에 있는 동물을 아주 오랫동안 살피어서, 그 동물의 삶을 속속들이 알게 되는 것을 말한다.

어떤 동물을 무리 속에서 식별해 내는 일은 결코 쉽지 않다. 특히 여우나 까마귀는 하도 비슷비슷하게 생겨서, 다음에 만났을 때 그것이 이전에 만났던 바로 그 여우나 까마귀가 맞는지 확신하기가 어렵다.

어쨌든 무리 중에는 힘이 더 세거나 더 영리하거나 더 뛰어난 대장이 반드시 있게 마련이다. 만약 녀석의 몸집이 유달리 크거나 사람들이 식별할 만한 특징을 가지고 있다면? 아마도 녀석은 그 지역에서 금방 유명 인사가 될 터이다. 그리하여 동물의 삶이 사람보다 더 흥미롭고 감동적이라는 사실을 생생하게 보여 주리라.

이런 동물로는 14세기 초에 십여 년가량 프랑스 파리를 공포로 몰아넣었던 꼬리가 짧게 잘린 늑대 쿠르탕, 미국 캘리포니아의 샌 워킨 계곡에 무시무시한 기록을 남긴 절름발이 회색곰 클럽풋, 오 년 동안 매일같이 암소를 한 마리씩을 죽인 뉴멕시코의 늑대 왕 로보, 이 년도 채 안 되는 기간 동안에 삼백여 명의 사람을 죽인 퓨마 세니를 들 수 있다.

그리고 하나 더 꼽자면, 캐나다 토론토의 실버스팟이 있다. 이번에는 실버스팟의 삶에 대해 내가 아는 데까지 이야기를 해 보려 한다.

실버스팟은 매우 영리한 까마귀이다. 실버스팟이라는 이름은 오른쪽 눈과 부리 사이에 5센트짜리 백동전처럼 은빛이 나는 점이 있어서 붙여진 것이다. 내가 녀석을 다른 까마귀들과 구별할 수 있었던 것도, 녀석의 삶을 일부나마 엿볼 수 있게 된 것도 다 그 점 덕분이다.

까마귀는 우리 주변에서 볼 수 있는 새들 가운데서 지능이 가장 높다. 이 새들은 조직의 가치를 진작에 깨우친 까닭에 인간 사회의 군인들보다 더 많은 훈련을 받는다. 날마다 당번을 서고, 전쟁을 치르며, 서로의 생명과 안전을 위해 책무를 다하고 있다.

까마귀 떼의 대장은 무리 가운데 가장 나이가 많고 가장 힘이 세며 가장 영리해야 한다. 언제 일어날지 모르는 무리 내의 반란을 대비할 절대적인 힘이 필요하기 때문이다. 병졸은 어린 까마귀들을 비롯해서 별다른 능력을 갖고 있지 않은 까마귀들을 돌본다.

실버스팟은 캐나다 토론토 근처의 캐슬프랭크 산에 근거지를 두고 있던 큰까마귀 무리의 대장이었다. 그곳은 소나무가 울창한 언덕이었는데, 무리는 약 이백 마리 정도 되었다. 무슨 이유에서인지 그 수가 오래도록 늘어나지 않았다. 겨울 중반쯤 되면 까마귀들은 나이아가라 강가에 머물다가 한겨울로 들어서면 더 남쪽으로 날아갔다.

해마다 2월의 마지막 주에, 실버스팟은 무리를 소집해 토론토와 나이아가라 강 사이의 60킬로미터가 넘는 호수를 용감하게 건넜다. 언제나 직선이 아니라 서쪽으로 돌아서 갔는데, 실버스팟은 소나무 숲이 한눈에 들어올 때까지 눈을 떼지 않았다.

녀석은 해마다 무리와 함께 와서 언덕 위에 거처를 정하고 육 주가량을 지냈다. 그러고 나서 매일 아침 세 무리로 나뉘어 먹을 것을 찾아 나섰다.

한 무리는 애쉬브리지 만의 남동쪽으로 갔다. 그리고 또 한 무리는 북쪽의 돈 계곡으로, 그리고 가장 규모가 큰 나머지 무리는 북서쪽에 있는 산골짜기로 갔다. 그중에서 마지막 무리는 실버스팟이 직접 지휘했다. 다른 까마귀가 이끄는 것은 단 한 번도 본 적이 없었다.

까마귀들은 날씨가 좋은 날 아침에는 높이 날아올라서 똑바로 갔다. 그러나 바람이 부는 날에는 계곡을 따라 낮게 날아서 은신처로 향했다. 우리 집 창문 너머로 계곡이 한눈에 보였는데, 1885년에 처음으로 이 늙은 까마귀를 보게 되었다.

그 지역에 이사 온 지 얼마 되지 않았을 때, 오래전부터 그곳에 살았던 이웃 사람이 나에게 이렇게 말했다.

"저 늙은 까마귀는 이십 년째 이 계곡을 오르락내리락하고 있어요."

나는 곧 그 골짜기에서 실버스팟을 관찰할 기회를 잡았다. 골짜기 주위로 집들이 들어서고 다리가 놓였는데도, 실버스팟은 오래된 경로를 고수했기에 그곳 사람들은 녀석을 잘 알고 있었다. 녀석은 3월과 4월, 그리고 늦여름과 가을에 매일 두 차례씩 골짜기를 지나갔다.

그 바람에 나는 그들의 이동 경로를 관찰하는 것뿐만 아니라 녀석이 무리에게 명령을 내리는 소리까지 직접 들었다. 까마귀가 비록 덩치는 작지만 재기가 넘치는 데다 놀랍도록 인간적인 언어와 사회 체계를 지녔다는 사실을 알게 되었다.

바람이 거세게 불던 어느 날, 나는 계곡을 가로지르는 다리 위에 서서 실버스팟이 무리를 이끌고 집 쪽으로 가는 것을 보았다. 800미터가량 떨어져 있던 실버스팟이 "아무 문제 없어. 어서 따라와."쯤에 해당하는 소리를 지르자, 뒤쪽에서 부관이 똑같은 말을 복창하는 소리가 들려왔다.

바람을 피하기 위해 매우 낮게 날던 까마귀 떼는 내가 서 있는 다리 근처에서 약간 높이 솟아올랐다. 내가 가까이 서서 관찰하는 것을 실버스팟은 그다지 좋아하지 않았다.

녀석은 비행 대열을 확인하고는 "경계 철저!"라고 외치더니, 하늘로 높이 솟구쳐 올랐다.

얼마 후, 내가 총을 가지고 있지 않다는 것을 알고는 다시 내 머리 위 약 5, 6미터 정도로 내려와서 날아갔다. 다른 까마귀들도 늙은 까마귀를 따라 똑같이 하강한 뒤 다리 위를 날아갔다.

다음 날, 나는 똑같은 장소로 나가서 까마귀 떼를 기다렸다. 까마귀 떼가 가까이 다가오자 일부러 지팡이를 들어 올려 녀석들을 가리켰다. 그러자 실버스팟은 즉시 "위험!"이라고 외치며 전보다 15미터쯤 더 높이 올라갔다.

그러다 총이 아닌 것을 알아차리고는 곧장 내 머리 위로 낮게 날았다. 사흘째 되던 날은 일부러 총을 가지고 나갔다. 녀석은 총을 보더니 잽싸게 "절대 위험, 총이다!" 하고 외쳤다.

뒤이어 녀석의 부관이 따라 외치자, 까마귀 떼가 동시에 총알

이 닿지 않을 만큼 높이 솟아오른 다음 사방으로 흩어진 채 날아갔다. 다리를 안전하게 건넌 다음 보이지 않을 만큼 멀리 날아가서야 다시 아래로 내려와 골짜기의 은신처로 갔다.

어느 날에는 그 길다랗고 무질서한 무리가 골짜기 아래로 내려와 붉은꼬리매가 지나가는 길 근처의 나무에 내려앉았다. 대장은 "매다, 매!" 하고 외치며 무리가 자기 쪽으로 몰려와 편대로 정비될 때까지 기다렸다.

얼마 후, 녀석들은 매를 두려워하는 기색 없이 계속해서 다리를 건넜다. 그러나 400미터쯤 갔을 때 총을 든 사람이 아래쪽에 보이자, 대장이 곧바로 "절대 위험! 총이다, 총! 어서 흩어져."라고 외쳤다.

까마귀 떼는 잽싸게 흩어져서 총알이 닿지 않을 정도로 높이 솟구쳐 올랐다. 나는 녀석들을 오랫동안 관찰하면서 실버스팟이 내리는 명령들을 하나하나 공부했다. 나중에는 의미에 따라 달라지는 소리의 미세한 차이까지 구별하게 되었다.

〈악보 5〉는 매같이 위험한 새가 나타났다는 것을 뜻하지만, '선회'를 뜻하는 〈악보 7〉은 '위험'을 뜻하는 〈악보 5〉와 '후퇴'를 뜻하는 〈악보 4〉가 합쳐진 것이다.

또, 〈악보 8〉은 멀리 떨어진 동료에게 "안녕?" 하고 인사를 건네는 것이다.

〈악보 9〉는 병졸들에게 "차렷!" 하고 명령을 내릴 때 주로 쓰인다.

4월 초순이 되면서 까마귀 떼에게 매우 중요한 일들이 시작되었다. 그 전과 달리, 뭔가 흥분된 분위기가 전해졌다. 먹이를 찾으러 가지도 않은 채, 어스름한 새벽부터 어둠이 깔리는 저녁까지 소나무 숲에서 하루 종일 시간을 보냈다.

둘 혹은 셋이 어울려 서로를 쫓기도 했는데, 때때로 묘기 비행을 하는 듯한 모습이 보이기도 했다. 이를테면, 높은 곳에 있던 까마귀가 갑자기 나뭇가지에 앉아 있는 다른 까마귀에게 급강하하다가 충돌하기 직전에야 아슬아슬하게 다시 공중으로 날아오르는 것이었다.

속도가 어찌나 빠른지 갑작스레 날아든 녀석이 선회할 때 나는 날갯짓 소리가 마치 천둥소리처럼 우렁찼다. 어떤 까마귀는 머리를 아래로 숙인 채 깃털을 모두 세우고서 길게 울음소리를

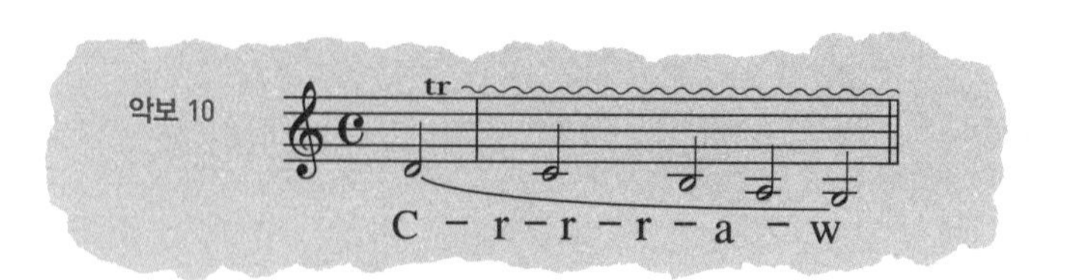

내며 다른 까마귀에게 슬며시 다가가기도 했다.

오래지 않아, 이런 행위들이 무엇을 뜻하는지 알게 되었다. 녀석들은 사랑을 나누며 짝짓기를 하고 있었다. 수컷들이 자신의 날개 힘과 목소리를 암컷에게 과시하고 있었던 것이다.

까마귀 떼는 4월 중순까지 짝짓기를 마치고, 캐슬프랭크 산의 소나무 숲을 뒤로한 채 마을 곳곳으로 흩어져 신혼여행을 떠났다. 수컷들이 모두 높은 점수를 받은 모양이었다.

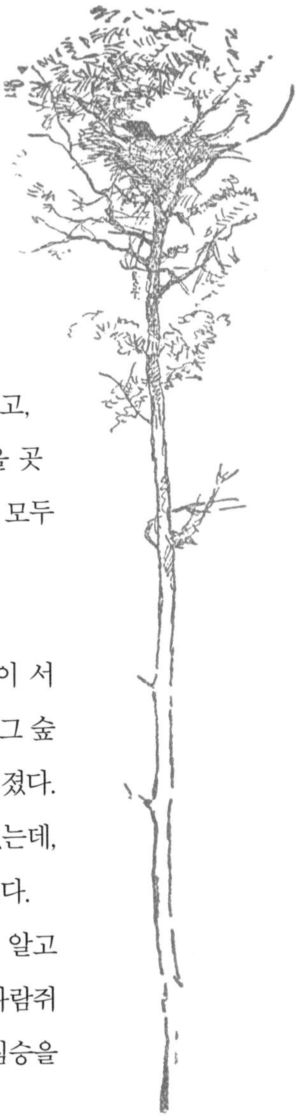

슈거로프 산은 돈 계곡 한가운데에 외로이 서 있었다. 그 산은 울창한 숲을 이루고 있었고, 그 숲은 400미터쯤 떨어진 캐슬프랭크 산으로 이어졌다. 두 산 사이의 숲에 소나무 한 그루가 서 있었는데, 꼭대기 즈음에 비어 있는 새 둥지가 하나 있었다.

토론토의 학생들이라면 누구나 그 둥지를 알고 있었다. 나는 언젠가 그 나뭇가지에서 검은 다람쥐를 총으로 쏘아 잡은 뒤로는, 그 근처에서 짐승을 한 번도 본 적이 없었다.

그 둥지는 해가 갈수록 낡아 조금씩 허물어져 갔다. 그러나 오래된 여느 둥지들과는 달리, 완전히 부서져 아래로 떨어지지는 않았다.

5월의 어느 날 새벽, 동녘 하늘이 어슴푸레하게 밝아 올 무렵이었다. 나는 밖으로 나가 조용히 숲을 거닐었다. 낙엽이 이슬에 젖어 있던 탓에 아무 소리도 나지 않았다. 그 오래된 둥지 아래를 지나가다가, 우연히 바깥쪽으로 삐죽 나와 있는 검정색 꼬리를 보았다.

나는 깜짝 놀라 나무를 손으로 툭 쳐 보았다. 그러자 까마귀 한 마리가 둥지에서 포르르 튀어나와 하늘로 날아올랐다. 그제야 그동안의 의문이 풀렸다. 그 소나무에 까마귀 한 쌍이 해마다 찾아와 둥지를 트는 것 같다고 막연히 짐작해 왔는데, 이제 보니 실버스팟 부부였던 것이다.

그 오래된 둥지에서 살림을 꾸린 티를 내지 않을 만큼 녀석들은 현명하고 또 조심성이 많았다. 그들이 오랜 세월 동안 여기에 둥지를 틀고 살아왔는데도, 까마귀라도 잡아먹고 싶을 정도로 허기진 사냥꾼이나 사내아이들이 전혀 눈치를 채지 못한 채 매일같이 그 아래를 무심하게 지나쳤다.

나는 망원경으로 녀석들을 대여섯 차례 관찰했다. 하지만 두 번 다시 놀라게 만들고 싶지는 않았다.

어느 날 부리에 하얀 물체를 물고 돈 계곡을 지나가는 까마귀

한 마리를 보았다. 녀석은 로즈데일 시내 어귀로 날아갔다가 좀 더 가까이 있는 비버엘름으로 날아갔다. 거기서 녀석은 하얀 물건을 떨어뜨린 후 이리저리 두리번거리며 주위를 살폈다. 자세히 보니 내 오랜 친구인 실버스팟이었다.

잠시 후 실버스팟은 그 하얀 것(그것은 조개 껍질이었다.)을 주워 물고는 샘터를 지나 소루쟁이와 앉은부채가 우거진 곳으로 갔다. 그곳에서 흰 조개껍데기를 비롯해 하얗고 빛나는 것들을 무더기로 파냈다.

녀석은 그것들을 햇볕에 펼쳐 놓은 후, 하나하나 뒤집기도 하고 들어 올렸다가 떨어뜨리기도 했다. 심지어 그것들이 알이라도 되는 양 품기도 했다가, 돈을 앞에 둔 구두쇠처럼 흡족하게 바라보기도 했다.

그것은 녀석의 취미 활동이었다. 우표를 모으는 소년이나 진주나 루비를 좋아하는 소녀처럼 녀석도 자기가 '왜' 그런 일을 즐기는지 딱히 설명하지는 못할 것이다.

그러나 녀석의 표정만큼은 무척 즐거워 보였다. 삼십 분쯤 지난 뒤, 녀석은 그것들을 새로 가져온 것과 함께 흙과 잎으로 덮은 후 휘리릭 날아가 버렸다.

나는 재빨리 그 자리로 가 보았다. 그곳에는 하얀 돌 조각과 대합 껍질, 양철 조각이 모자 하나에 가득 찰 만큼 있었다. 그 가운데 도자기로 된 컵 손잡이가 하나 있었는데, 아마도 녀석이 수

도자기 컵 손잡이는 실버스팟이 가장 아끼는 보물이었다.

집한 것 가운데 최고의 보물인 듯싶었다.

그러나 그 후로 나는 그것들을 다시 보지 못했다. 녀석이 내가 자기의 보물들을 찾아낸 사실을 알아차리고 다른 곳으로 옮겨 버렸기 때문이다.

그 후 나는 녀석을 아주 가까이에서 관찰하면서 작은 모험을 즐기고는 잽싸게 도망치는 것을 여러 번 보았다. 한번은 새매에게 심하게 당한 적도 있었고, 또 한번은 딱새들에게 성가시도록 쫓겨다닌 적도 있었다.

이런 새들은 큰 해를 주지는 않지만, 몹시 시끄럽고 귀찮기 때문에 실버스팟은 가능한 한 빨리 피하려 했다. 마치 어른들이 제멋대로 구는 사내아이들을 성가셔하는 것과 비슷했다.

실버스팟에게도 잔인한 습성이 있기는 했다. 매일 아침 작은 새들의 둥지를 돌아다니며 새로 낳은 알들을 먹어 치웠다. 마치 의사가 아침마다 환자를 찾아 회진하는 것과 같았다.

그러나 그런 행위 하나만으로 녀석의 모든 것을 간단히 규정해 버려서는 안 된다. 우리도 날마다 뒤뜰의 암탉들에게 똑같은 짓을 하고 있으니까.

녀석의 머리가 얼마나 빨리 돌아가는지를 엿볼 수 있는 기회는 꽤 자주 있었다. 하루는 녀석이 부리에 큰 빵 조각을 물고 계곡 아래로 날아 내려오는 것이 보였다. 그 아래의 개천은 마침 하수도 복개 공사를 하고 있던 터라 벽돌로 덮는 작업을 진행하

고 있었다. 공사는 200미터 가운데 절반만 끝나 있었다.

녀석이 아직 덮개를 덮지 않은 쪽의 물위를 날아가고 있을 때였다. 부리로 물고 있던 빵 조각을 어쩌다 그만 떨어뜨리고 말았다. 빵 조각은 순식간에 물결에 휩쓸려 터널 속으로 사라졌다. 녀석은 급히 아래로 날아가 어두운 터널 안을 자세히 살폈다.

하지만 헛일이었다. 그러다 좋은 생각이 났는지, 개천 하류의 터널 끝으로 급히 내려갔다. 그러고는 빵 조각이 물결에 휩쓸려 내려오기를 기다렸다가 냉큼 부리로 집어 물고는 자못 의기양양해했다.

실버스팟은 세상에 둘도 없는 까마귀였다. 한마디로 성공한 까마귀라 할 수 있었다. 녀석이 사는 곳은 위험하기 짝이 없었지만, 먹이만큼은 풍성했다. 그리고 그 오래된 둥지에서 짝과 함께 새끼들을 낳아 길렀는데, (사실 나는 녀석의 짝은 구별할 수가 없다.) 까마귀 떼가 한자리에 모일 때면 어김없이 누구나 인정하는 대장이 되었다.

까마귀 떼가 새끼들과 함께 다시 모이는 것은 6월의 끝 무렵이었다. 그때쯤이면 어린 까마귀들의 몸집이 어미와 거의 비슷하게 자랐지만, 아직은 꼬리도 짧고 날개 힘도 약하고 목소리도 앳되었다.

어른 까마귀들은 이 오래된 소나무 숲의 사회에 새끼들을 데려와 일일이 서로에게 소개를 했다. 말하자면 이 숲은 그들의 요새이자 대학인 셈이었다.

이곳에서 새끼들은 여럿이 무리지어 모여 있거나 높은 나뭇가지로 올라가 앉아 있으면 안전하다는 것을 배우게 된다. 바야흐로 교육을 받기 시작하는 새끼들은 까마귀로서 성공적으로 살아가는 데 필요한 것들을 알아 가기 시작한다. 까마귀의 삶에서 실패란, 또다시 시작할 수 있는 발판이 되는 뭔가가 아니다. 단 한 번의 실패, 그것은 곧바로 죽음을 뜻하니까.

처음 한두 주 동안은 어린 까마귀들이 서로서로를 익히는 기간이다. 같은 무리에 속한 까마귀들을 하나하나 알고 지내야 하기 때문이다.

그사이에 어미들은 새끼들을 기르던 수고에서 벗어나 잠시나마 휴식을 즐긴다. 이제 이 신출내기들도 스스로 먹이를 찾을 수 있고, 나뭇가지에 열을 맞춰 앉을 만큼은 자랐으니까. 마치 어른 까마귀라도 된 것처럼 철없이 으스대기는 하지만.

한두 주 후엔 털갈이 철이 찾아온다. 이 시기가 되면 나이 든 까마귀들은 신경이 날카로워져 짜증을 부리는 일이 잦아진다. 그래도 어린 까마귀들에 대한 교육은 멈추지 않는다. 새끼들은 그동안 어미 까마귀의 귀여움만 받고 자라 왔기 때문에 갑작스러운 꾸지람이나 잔소리에 적응하지 못해 힘겨워한다. 그런 꾸지람이나 잔소리가 모두 새끼들을 위한 것이라 할지라도.

아무튼 실버스팟은 훌륭한 선생이다. 때때로 실버스팟이 새끼 까마귀들에게 연설을 하는 것처럼 보일 때도 있다. 실버스팟이 무슨 말을 하는지는 알 수 없지만, 새끼 까마귀들의 태도로 보아 지혜가 담뿍 담긴 이야기인 것같이 느껴진다.

녀석들은 아침마다 모둠별로 나뉘어 훈련을 받는다. 아마도 까마귀의 나이와 힘에 따라 자연스럽게 두세 집단으로 나뉜 듯싶다. 훈련받는 시간을 제외하고는 어미와 함께 직접 먹이를 찾아 나선다.

9월이 오면 까마귀 무리에게 급격한 변화가 찾아온다. 철없던 새끼 까마귀들도 이제는 분별력을 갖추기 시작한다. 새끼들의 흐리멍덩하던 푸른빛 눈동자가 노련한 까마귀의 눈빛처럼 짙은 갈색으로 바뀐다. 새끼들은 이제 보초를 설 줄도 안다. 총과 덫에 대해서도 배우고, 방아벌레 유충이나 풋옥수수에 관한 특별 수업도 받는다.

녀석들은 늙고 뚱뚱한 농부의 아내는 덩치만 클 뿐, 열다섯 살 난 아들보다 위험하지 않다는 것을 안다. 또 아들과 여동생을 구별할 수 있게 된다. 그리고 우산이 총이 아니라는 사실도 알고, 숫자를 여섯까지 셀 수도 있다. 새끼 까마귀에게는 여섯까지 세는 것도 매우 대단한 일이지만, 실버스팟은 사실 서른까지도 셀 수 있다.

화약 냄새를 구별할 수 있고, 솔송나무의 남쪽 면을 알게 되며, 까마귀 세계의 일원이 된 것을 우쭐해하기 시작한다. 나무에 내려앉은 뒤에는 날개를 꼭 세 번씩 접는데, 날개가 제대로 접혔는지 확인하기 위해서다.

또 여우가 먹이를 반쯤 먹다가 가 버리도록 만드는 법을 깨치고, 딱새나 제비가 괴롭힐 때는 반드시 덤불 속으로 뛰어들어야 한다는 것도 안다. 작은 골칫덩이들을 상대로 싸우는 것은 불리하니까. 마치 사과를 파는 뚱뚱한 여자가 바구니를 빼앗아 달아

나는 소년을 잡으려 하는 것과 비슷하다.

새끼 까마귀들은 이런 것들을 다 배운다. 그러나 알 사냥에 대해서는 아직 수업을 받지 않는다. 제철이 아니기 때문이다. 그들은 아직 조개를 구경한 적도 없고, 말의 눈을 맛본 적도 없으며, 싹이 난 옥수수를 본 적도 없다. 당연히 살아가는 데 최고로 훌륭한 스승이라 할 수 있는 여행을 해 본 적은 더더욱 없다.

9월에는 새끼 까마귀들에게도 커다란 변화가 나타난다. 털갈이가 끝나는 것이다. 온몸에 새로운 털이 돋아난 어미 까마귀들은 자신의 멋진 외투를 자랑하느라 여념이 없다. 건강도 다시 좋아지기 때문에 신경질이 줄어든다. 언제나 엄격하기만 하던 교사 실버스팟도 자못 친절해져서, 오랫동안 그를 존경해 왔던 새끼 까마귀들에게 마음속 깊은 곳에서 우러나오는 사랑을 받게 된다.

실버스팟이 살아가는 데 필요한 신호와 명령을 새끼 까마귀들에게 부지런히 가르친 덕분에, 이른 아침에 녀석들의 행렬을 지켜보는 것이 큰 즐거움으로 자리 잡았다.

"제1중대!"

대장 까마귀가 이렇게 외치면, 제1중대는 제법 우렁차게 대답한다.

"출발!"

이윽고 실버스팟이 소리치며 선두로 나서면, 모두가 일직선으로 날아오른다.

"상승!"

까마귀들은 위로 곧장 날아오른다.

"전원 집합!"

시꺼멓게 무리를 이루며 한 군데로 모여든다.

"해산!"

바람에 떨어지는 나뭇잎처럼 사방으로 흩어진다.

"일렬 종대!"

까마귀들은 길게 줄을 지어 평상시처럼 날아간다.

"하강!"

까마귀들이 땅에 닿을 듯이 낮게 난다.

"먹이 모으기 시작!"

까마귀들은 아래로 내려가 먹이를 주우러 사방으로 흩어진다. 그동안 두 마리의 까마귀가 보초를 선다. 한 마리는 오른쪽에 서 있는 나무 위에서, 또 한 마리는 저 멀리 왼쪽에 있는 언덕 위에서.

잠시 후, 실버스팟이 소리친다.

"총을 가진 남자가 나타났다!"

보초들이 이 말을 똑같이 반복하자, 까마귀들이 푸드덕거리며 재빨리 나무 위로 날아간다. 일단 숲속으로 들어서서 대열을 정비한 뒤, 자신들의 본거지인 소나무 숲으로 서둘러 돌아간다.

아, 모든 까마귀가 교대로 돌아가며 보초를 서는 것은 아니다. 보초는 주의력을 인정받은 까마귀들만 설 수 있다. 그들은 식량을 거두는 작업도 함께한다. 우리 눈에는 무척 힘든 일처럼 보이지만, 대개는 별탈 없이 잘 돌아간다. 까마귀들의 조직력은 뭇새들에게 최고라 인정받고 있다.

11월이 되면 까마귀들은 최고의 지혜를 가진 실버스팟의 지휘 아래 새로운 생활 방식을 익힌다. 그리고 식량을 찾아 남쪽 땅으로 여행을 떠난다.

까마귀가 바보같이 느껴지는 경우가 딱 하나 있다. 바로 밤이 되었을 때이다. 까마귀들은 부엉이를 몹시 무서워한다. 어쩌다 밤에 부엉이가 찾아오기라도 하면, 그날은 순식간에 비탄의 길로 접어든다.

멀리서 부엉이가 부엉부엉 하고 우는 소리가 들릴라치면, 까마귀들은 목을 날개깃에 파묻지도 못한 채 아침이 될 때까지 부들부들 떤다. 차가운 밤에 뜬눈으로 지새다 눈이 얼어 실명하거나 목숨을 잃는 까마귀도 있다. 그런데 불행하게도 아픈 까마귀를 치료하는 병원은 아무 데도 없다.

날이 밝으면 까마귀들은 다시 기운을 차린다. 근처의 숲을 샅샅이 뒤져서 기어이 그 부엉이를 찾아내고야 만다. 그러고는 녀

석을 죽이거나 멀리 내쫓아 버린다.

1893년에도 까마귀 떼는 여느 해처럼 캐슬프랭크 산으로 몰려왔다. 나는 숲속을 돌아다니다가, 무엇엔가 쫓기는 듯 눈 위를 전속력으로 달리다가 나무 사이로 재빨리 몸을 숨긴 토끼의 발자국을 발견했다.

그런데 이상하게도 토끼를 뒤쫓은 짐승의 발자국이 보이지 않았다. 몇 걸음을 더 쫓아가 보았더니, 눈 위로 핏자국이 어지럽게 나 있었다. 조금 더 가자, 갈색의 작은 토끼가 처참하게 뜯어 먹힌 채 버려져 있었다.

한참 동안 조사를 한 끝에 눈 위에서 발톱이 두 개 달린 커다란 발자국과 그림을 그려 놓은 듯이 아름다운 갈색 깃털을 발견했다. 그제야 나는 토끼를 죽인 범인이 누구인지 알아차렸다. 바로 수리부엉이였다.

삼십 분쯤 후 그곳에 다시 가 보았더니, 토끼의 시체에서 2미터도 채 떨어지지 않은 나무 위에 험상궂은 눈을 한 부엉이가 앉아 있었다. 토끼를 죽인 범인이 아직 현장을 떠나지 않고 배회하고 있었던 것이다.

현장 증거는 거짓말을 하지 못하는 법! 내가 다가가자 녀석은 '그르-루' 하는 소리를 내고는 천천히 날아올라 어둠침침한 숲 속으로 사라져 버렸다.

이틀 후, 날이 밝자 까마귀들 사이에서 큰 소동이 일어났다. 아침 일찍 그곳에 가 보니, 검은 깃털이 눈 위에 어지럽게 흩어져 있었다. 나는 깃털이 날아온 방향으로 자취를 따라가 보았다. 곧 피투성이가 된 채 죽어 있는 까마귀와 커다란 발톱이 두 개 있는 발자국을 발견했다.

이번에도 살인범은 부엉이였다. 주변에 엄청난 격전의 흔적이 고스란히 남아 있었다. 무시무시한 살인마 부엉이는 아무래도 너무 강력한 상대였던 걸까? 가엾은 까마귀가 한밤중에 나뭇가지에서 끌려 내려와서는, 칠흑 같은 어둠 때문에 아무런 저항도 하지 못한 채 가만히 당할 수밖에 없었던 모양이었다.

시체를 슬쩍 뒤집자 눈 속에 파묻혀 있던 머리가 드러났다. 순간, 나도 모르게 입에서 안타까움과 슬픔이 가득 배인 소리가 비어져 나왔다. 이를 어째? 아, 가엾어라!

무시무시한 살인마 부엉이가 실버스팟을 무자비하게 공격하고 있다.

그것은 바로 실버스팟의 머리였다. 동족에게 큰 도움을 주었던 그의 삶이 이렇게 마지막 순간을 맞닥뜨리고 말다니! 자기 자신이 수백 마리도 넘는 새끼 까마귀들에게 그토록 조심하라고 가르쳐 왔던 바로 그 부엉이에게 어이없이 목숨을 빼앗긴 것이다.

슈거로프 산에 있는 오래된 둥지는 이제 주인 없이 버려지는 신세가 되었다. 봄이 되면 까마귀들은 여전히 캐슬프랭크 산으로 찾아왔지만, 현명한 지도자를 잃은 후로는 그 수가 점점 줄어들었다.

어쩌면 얼마 안 있어 그 오래된 소나무 숲에서는 더 이상 까마귀들을 보지 못하게 될지도 모르겠다. 그들과 그들의 조상이 몇 세대에 걸쳐 살고 또 교육받았던 바로 그 터전에서…….

영리한 솜꼬리토끼, 래기러그

래기러그는 어린 솜꼬리토끼의 이름이다. 갈래갈래 찢어진 귀 때문에 붙여진 이름인데, 아기였을 때 난생처음 겪은 모험에서 생긴 그 상처는 평생토록 녀석을 따라다니고 있었다. 아기 토끼는 어미와 함께 올리펀트 영감네 습지에서 살았다. 내가 녀석을 처음 본 곳도 거기였다.

동물을 잘 알지 못하는 사람들은 내가 너무 의인화하는 것이 아니냐고 생각할지도 모르겠다. 하지만 그들의 생활 방식이나 감정을 어느 정도 이해하는 사람이라면 절대로 그렇게 생각하지 않을 것이다.

우리가 알다시피, 토끼는 비록 말을 하지는 않지만 소리나 몸짓, 냄새, 수염 등을 통해 서로의 생각을 주고받는다. 내가 토끼의 말을 인간의 언어로 옮기는 과정에서 그들이 실제로 하지 않은 말을 꾸며 낸 건 단 한마디도 없다는 걸 기억해 주기 바란다.

늪에는 덤불이 잔뜩 우거져 있어서 어미 토끼가 아기 토끼를 위해 만든 안락한 보금자리는 쉽사리 눈에 띄지 않았다. 어미 토끼 몰리는 새끼에게 이불을 덮어 주면서 항상 이렇게 주의를 주었다.

"몸을 낮추고 조용히 있어야 해. 무슨 일이 있더라도 꼼짝해선 안 돼."

하지만 아기 토끼는 덤불 속에 몸을 움츠리고 있으면서도 반짝이는 두 눈을 크게 뜨고서 머리 위로 펼쳐지는 초록빛 세상을 말똥말똥 쳐다보았다. 마침 그때 악명 높은 도둑인 푸른어치와 청설모가 훔친 것을 놓고 서로 가지겠다고 다투는 바람에 래기러그의 집이 얼떨결에 싸움터가 되고 말았다.

래기러그의 코끝에서 불과 15센티미터도 떨어져 있지 않는 곳에서는 노랑미국솔새가 파란 나비를 쫓아다니고 있었다. 또 진홍빛에 검은 점이 있는 무당벌레가 더듬이를 이리저리 흔들면서 풀잎을 느릿느릿 기어오르다가 다른 풀잎으로 톡 떨어지는가 싶더니, 바닥을 가로질러 래기러그의 얼굴 위로 불불 기어갔다. 그래도 아기 토끼는 눈 하나 깜빡하지 않고 가만히 있었다.

얼마 후 근처 덤불에서 풀잎이 흔들리며 바스락거리는 소리가 들려왔다. 그 기묘한 소리는 한참 동안 계속해서 들려왔는데, 이리 갔다 저리 갔다 하면서 점점 가까이 다가오는 듯했다. 하지만 이상하게도 타박타박 하는 발자국 소리는 들리지 않았다.

래기러그는 나서부터(태어난 지 삼 주 되었다.) 쭈욱 이 습지에서만 지내 왔는데, 이런 소리는 한 번도 들어 본 적이 없었다. 그래서 그런지 호기심이 슬슬 발동했다. 어미 토끼가 가만히 엎드려 있으라고 주의를 주긴 했지만, 그것은 어디까지나 위험한 경우에만 해당하는 것이었다. 무서운 동물이라면 발자국 소리가 나지 않을 리 없을 듯했다.

귀에 거슬리는 그 낮은 소리는 바로 옆을 지나서 오른쪽으로, 그러다 다시 뒤쪽으로 가는가 싶더니 어느 순간부터 아예 작아져 버렸다. 아기 토끼는 이제 더 이상 자신이 어리지 않다고 생각했다. 그러자 그게 무엇인지 꼭 알아내고 싶어졌다.

아기 토끼는 짧고 복슬복슬한 발을 뻗어 작고 오동통한 몸을 일으켜 세웠다. 그리고 작고 둥근 머리를 들어 올려 덤불 속을 들여다보았다. 토끼가 움직이자마자 그 소리가 뚝 그쳤다. 토끼는 아무것도 보이지 않자, 좀 더 잘 보기 위해 한 발을 앞으로 내

딛었다. 그 순간, 엄청나게 큰 뱀이 코앞에 와 있었다.

"엄마!"

그 괴물이 자기를 덮치려 들자, 금방이라도 숨이 끊어질 것 같은 두려움에 빠진 아기 토끼가 냅다 비명을 질렀다. 작은 발에 있는 대로 힘을 주고는 어떻게든 도망치려 애를 썼다. 뱀은 순식간에 아기 토끼의 한쪽 귀를 물어 낚아채고는 공처럼 동그랗게 똬리를 틀었다. 그러고는 저녁거리가 생겼다는 듯이 만족스런 눈길로 작고 힘없는 아기 토끼를 지그시 바라보았다.

"엄마-, 엄-마아!"

잔인한 괴물이 질식시켜 죽이려 하자, 작고 불쌍한 래기러그는 숨도 제대로 쉴 수가 없었다. 아기 토끼의 소리가 잦아들려는 바로 그 순간, 어미 토끼가 덤불을 헤치고 화살처럼 날쌔게 달려들었다. 이제 더는 뱀의 그림자만 보고도 무서워서 도망칠 준비를 하던 겁 많고 힘없는 토끼가 아니었다.

어미 토끼 몰리는 모성애로 가득 차 있었다. 자기 자식의 비명소리가 어미의 가슴속에 숨어 있던 용기를 모조리 끌어모았다. 몰리는 그 무시무시한 동물에게로 힘껏 뛰어들었다. 그리고 날카로운 뒷발톱으로 뱀을 냅다 내리쳤다. 불시에 공격을 당한 뱀은 고통을 이기지 못하고 꿈틀거리면서 쉭쉭거렸다.

"엄-마-아-."

그때 아기 토끼의 가녀린 목소리가 들려왔다. 어미 토끼는 이

"엄마, 엄마!"
뱀의 공격을 받은 래기러그는 두려움에 사로잡힌 채 엄마를 다급히 불렀다.

소름 끼치는 뱀에게 더욱 강력하고 맹렬하게 공격을 퍼부었다. 약이 바짝 오른 뱀은 아기 토끼의 귀를 놓고서 겁 없이 자꾸만 덤벼드는 어미 토끼를 꽉 물었다. 그러나 번번이 토끼의 털밖에 물지 못했다. 반면에 몰리의 공격은 점점 효과가 나타나기 시작했다. 뱀의 비늘 가죽에 길게 상처가 나고 피가 줄줄 흘러내렸다.

이제 모든 것이 뱀에게 불리하게 돌아갔다. 뱀은 다음 공격을 대비하기 위해서 아기 토끼를 감고 있던 몸에서 힘을 뺐다. 아기 토끼는 그 틈을 놓치지 않고 몸부림을 친 끝에 뱀의 똬리에서 빠져나왔다. 겁에 질려 숨도 제대로 쉬지 못할 지경이었지만 온 힘을 다해 덤불 속으로 도망갔다. 그 무시무시한 뱀에게 물렸던 왼쪽 귀가 갈기갈기 찢긴 거 빼고는 크게 다친 데는 없었다.

몰리는 바야흐로 목적을 이룬 셈이었다. 명예나 복수 따위를 위해 더 싸울 생각은 눈곱만치도 없었다. 잠시 후 숲속으로 힘껏 내달렸다. 아기 토끼는 눈처럼 새하얀 어미 토끼의 꼬리가 반짝이는 등불이라도 되는 것마냥 뒤쫓았다. 곧이어 그들은 습지의 안전한 곳으로 몸을 피했다.

올리펀트 영감의 습지는 가시덤불투성이였다. 그 질퍽질퍽한 습지의 한가운데를 가로지르는 개울과 연못이 하나 있었는데, 나무를 벤 흔적이 군데군데 남아 있어서 예전에는 숲이 우거져 있었다는 걸 짐작하게 했다. 덤불 사이로는 오래된 나무 몇 그루가 서 있었고, 몇몇 나무둥치는 썩은 통나무가 된 채 넘어져 있었다. 늪 주변의 땅에는 버드나무와 사초(외떡잎식물로, 산사초와 골사초, 화살사초 따위의 식물을 가리킨다.)가 우거져 있어서, 이따금씩 소가 어슬렁거릴 뿐 고양이나 말은 얼씬도 하지 않았다.

늪지 바깥의 들판은 가시나무와 어린 나무들로 뒤덮여 있었는데, 가장자리에는 몸통에서 진이 찐득찐득 흘러내리는 어린 소나무들이 꽉 들어차 있었다. 살아 있는 소나무의 바늘잎은 공중에서, 시들어 땅에 떨어진 솔잎들은 땅 위에서 향기로운 냄새를 흠씬 풍기며 지나가는 사람들의 코를 자극했다. 이 솔잎 향은 메마른 황무지에서 살아남기 위해 서로서로 경쟁하는 어린 나무들이 호흡하는 데는 치명적으로 작용했다.

구불구불하게 이어지는 길 양쪽으로는 들판이 드넓게 펼쳐져 있었는데, 이 들판을 가로지르고 있는 야생 동물의 발자국은 교활하고 못된 여우의 것뿐이었다.

뭐니 뭐니 해도 이 습지의 주민은 몰리와 래기러그였다. 이웃은 멀리 떨어져 있었고, 일가친척은 모두 죽고 없었다. 이곳이 바로 그들의 집이었다. 래기러그가 장차 자신의 삶을 잘 꾸려 가기 위해 훈련을 받은 곳도 여기였다.

몰리는 덩치가 매우 작았지만 새끼를 아주 세심하게 보살폈다. 래기러그가 처음으로 배운 것은 '몸을 웅크린 채 아무 소리도 내지 않는 것'이었다. 지난번에 뱀과 싸웠던 경험 덕분에 래기러그는 이 일의 중요성을 아주 잘 알았다. 래기러그는 이 교훈을 결코 잊지 않았다. 그 뒤로는 배운 대로 잘 따라 주어서 어미 토끼가 교육을 하기가 한결 수월했다.

두 번째로 배운 것은 얼어붙은 것처럼 '꼼짝 않고 있기'였다. 이것은 첫 번째 훈련에서 자연스럽게 따라나오는 것인데, 래기러그가 뛰기 시작하면서 곧바로 익혔다.

'꼼짝 않고 있기'는 말 그대로 아무것도 하지 않고 조각상처럼 가만히 있는 것이었다. 적이 가까이 와 있다는 걸 아는 순간, 무슨 일을 하고 있었든 간에 즉시 동작을 멈추라는 뜻이었다.

숲에 사는 생물들은 주변의 사물들과 색이 비슷비슷해서, 움직이지만 않는다면 다른 동물들의 눈에 잘 띄지 않았다. 그래서 적들끼리 마주칠 경우, 먼저 발견한 쪽이 '꼼짝하지 않'음으로써 상대에게 들키지 않고 공격을 하건 도망을 치건 더 유리한 기회를 얻게 되는 것이었다.

숲에 사는 동물들은 이 기술이 얼마나 중요한지 잘 알고 있었다. 다른 동물들도 이 기술에 늘 유념하며 살아가고 있지만, 솜꼬리토끼 몰리만큼 잘 활용하는 동물은 찾아보기 힘들었다.

몰리는 아기 토끼 래기러그에게 이 기술을 직접 시범 보이며 꼼꼼하게 가르쳤다. 몰리가 흰 솜털 같은 꼬리를 흔들며 숲으로 달려가면, 래기러그도 있는 힘껏 어미 토끼를 따라 달렸다. 그러다 몰리가 갑자기 멈춰 서서 '얼어붙은 것처럼 꼼짝하지 않'으면, 아기 토끼도 자연스럽게 어미 토끼를 똑같이 따라 했다.

그렇지만 래기러그가 어미 토끼에게 배운 가장 중요한 교훈은 들장미덩굴의 비밀이었다. 이것은 아주 오랜 옛날부터 전해 내려오던 비밀 중 하나인데, 들장미덩굴이 왜 동물들과 다투게 되었는지부터 알아야 한다.

아주 오랜 옛날에는 들장미덩굴에 가시가 없었다. 그래서 다람쥐와 들쥐는 꽃을 따기 위해 무시로 오르락내리락했고, 소는 시도 때도 없이 뿔로 들이받았다. 주머니쥐는 긴 꼬리로 꽃을 낚아채었고, 사슴은 날카로운 발굽으로 걸핏하면 걷어찼다.

참다못한 들장미는 꽃을 보호하기 위해 뾰족한 가시로 무장을 했다. 그리고 나무에 오르는 녀석이나 뿔, 발굽, 긴 꼬리를 가진 녀석들에게 전쟁을 선포했다. 이렇게 들장미는 그 누구와도 평화롭게 지내지 않기로 결심했지만, 나무에 오르지도 않고 뿔도 없고 발굽도 없고 긴 꼬리도 없는 솜꼬리 토끼만큼은 예외로 두었다.

실제로 솜꼬리토끼가 들장미에게 피해를 준 적은 한 번도 없었다. 장미는 수많은 적을 가지고 있지만 토끼와는 각별한 사이로 지냈다. 불쌍한 토끼에게 누군가가 위협을 가할 때면 가장 가까이 있는 들장미덩굴로 쏜살같이 달아나곤 했다. 그러면 들장미의 날카로운 가시 수백만 개가 토끼를 안전하게 보호해 주었다.

래기러그가 어미 토끼에게 배운 비밀이란 바로 "들장미덩굴은 너의 가장 좋은 친구다."라는 것이었다.

래기러그는 새들이 지저귀는 소리, 그리고 가시나무와 들장미 숲으로 이루어진 미로를 익히는 데 대부분의 시간을 쏟았다. 그리하여 늪을 두 가지 방향의 다른 길로 돌아갈 수 있게 되었고, 다섯 번을 깡충 뛰어도 들장미덩굴에 닿을 수 없는 곳에는 절대로 가지 않게 되었다.

그러고 나서 얼마 되지 않아, 사람들이 새로운 종류의 가시나무를 가지고 와 그 일대에 빙 둘러 가며 심었다. 그 바람에 솜꼬리토끼의 적들은 더욱 진저리를 치게 되었다. 그 가시나무는 그 어떤 동물도 쓰러뜨릴 수 없을 만큼 튼튼한 데다, 가시는 그 어떤 가죽도 뚫을 수 있을 만큼 날카로웠다.

해가 갈수록 가시나무는 점점 더 많아졌고, 야생 동물들은 그만큼 심각한 상황과 마주하게 되었다. 그렇지만 몰리는 그 가시나무가 조금도 두렵지 않았다. 들장미덩굴 속에서 거저 자란 것이 아니었기 때문이다.

사실 개와 여우, 소, 양……. 심지어는 사람조차도 이 무시무시한 가시에 찔리지 않는다고 장담하긴 어려웠다. 그러나 몰리에게는 새로운 종류의 가시나무가 퍼져 나가면 퍼져 나갈수록 안전한 지역이 늘어나는 셈이었다. 새로 생긴 무시무시한 가시나무는 바로 '철조망'이었다.

몰리의 단 하나뿐인 새끼인 래기러그는 어미 토끼의 보살핌을 독차지했다. 래기러그는 힘이 셌을 뿐만 아니라 남달리 재빠르고 영리했다. 게다가 유달리 운도 좋았다. 녀석은 하루가 다르게 무럭무럭 자랐다.

그 계절 내내 어미 토끼는 새끼에게 상대방을 어떻게 따돌려야 하는지, 먹거나 마셔도 되는 것은 무엇인지 가르쳐 주었다. 그리고 절대로 손대선 안 되는 것으로는 어떤 게 있는지도 낱낱이 일러 주었다. 훈련은 매일같이 이어졌다.

어미 토끼는 자기가 어렸을 적에 훈련받은 것과 살아가면서 얻은 수많은 지혜를 섞어서 매일매일 조금씩 가르쳐 줌으로써, 아기 토끼가 스스로 살아갈 수 있는 지식을 갖추게 했다.

래기러그는 토끼풀 밭이나 풀숲에서 '냄새를 잘 맡기 위해' 어미 토끼가 코를 씰룩씰룩하는 것을 따라 하기도 하고, 어미 토끼가 먹고 있는 풀을 잡아당기거나 어미 토끼의 입술을 핥아 보고서 자기가 먹고 있는 풀하고 똑같은지 확인하기도 했다.

그리고 발톱으로 귀털을 빗는 법, 몸의 털을 정돈하는 법, 또 가슴이나 발에 붙은 것들을 떼어 내는 법 등도 어미 토끼를 따라 하면서 익혔다. 땅에 떨어진 물은 더러운 것에 오염되었기 때문에 들장미에 맺힌 이슬방울만큼 좋은 물은 없다는 것도 배웠다.

래기러그가 혼자서 다녀도 좋을 만큼 자라자, 어미 토끼는 통신법을 가르쳐 주었다. 토끼들의 통신법은 뒷발로 땅바닥을 쿵쿵 차는 것이었다. 그러면 소리는 지면을 따라 아주 멀리까지 전달되었다. 공중에서 낼 때는 20미터 정도의 거리에서도 들리지 않을 소리가, 땅바닥 가까이에서는 100미터 밖까지 퍼져 나갔다.

토끼는 귀가 아주 예민해서 발로 차는 소리를 200미터 밖에서도 너끈히 들을 수 있었다. 그 정도 거리라면 올리펀트 영감네 습지의 이쪽 끝에서 저쪽 끝에 해당하는 거리였다. 바닥을 한 번 쿵 차는 것은 '조심하라'거나 '꼼짝 말라'는 뜻이고, 느리게 쿵쿵 차는 것은 '어서 와', 빠르게 쿵쿵 차는 것은 '위험하다'는 뜻이었다. 그리고 아주 빠르게 쿵쿵쿵 차는 것은 '목숨을 걸고 뛰어라'는 의미였다.

화창한 어느 날, 하늘에서 푸른어치들이 실랑이를 벌이는 소리가 들렸다. 그것은 주변에 아무런 위험이 없다는 신호였다. 그래서 래기러그는 새로운 공부를 시작했다. 몰리가 두 귀를 꺾어서 접었다. 움츠리라는 신호였다. 그러고 나서 저 멀리 덤불로 뛰어가 바닥을 한 번 쿵 차며 '오라'는 신호를 보냈다. 래기러그는 그곳으로 잽싸게 뛰어갔지만 어미 토끼의 모습이 보이지 않았다.

바닥을 발로 쿵 차며 신호를 보내도 아무런 응답이 없었다.

래기러그는 주변을 샅샅이 수색한 끝에 어미 토끼의 발자국 냄새를 찾아냈다. 그리고 그 냄새를 따라가 어미 토끼가 숨어 있는 장소를 발견했다. 이런 방법은 동물들 사이에서는 익숙하지만, 사람들은 전혀 눈치를 채지 못했다. 어쨌든 아기 토끼는 처음으로 추적 수업을 무사히 끝낸 셈이었다. 어미와 새끼의 숨바꼭질 놀이는 앞으로 겪게 될 수많은 추적을 위한 연습이었다.

첫 번째 훈련 기간이 채 끝나기도 전에 래기러그는 토끼로 살아가는 데 필요한 기본적인 기술을 모두 익혔다. 그 과정에서 천재성을 자주자주 드러내 보였다.

래기러그는 '나무처럼 위장하기', '살짝 피하기', '움츠리기'를 아주 잘했다. '통나무에 난 옹이처럼 위장'할 수도 있었고, '뒷걸음질'을 쳐서 '발자국을 거꾸로' 남길 수도 있어서 다른 기술이 거의 필요 없을 정도였다. 그리고 아직 해 본 적은 없지만 '철조망'을 이용하는 법까지 훤히 꿰고 있었다. 물론 그것은 대단한 능력이 필요한 기술이었다.

래기러그는 모래를 이용해 냄새를 태워 버리는 방법도 익혔다. '구멍에 숨기'뿐만 아니라 '둘이서 교대로 피하기', '울타리 뛰어넘기', '급회전'같이 어려운 기술도 너끈히 해냈다. 모든 지혜의 시작점이 '납작 엎드리기'이며, '들장미덩굴'이야말로 가장 안전한 피신처라는 사실을 절대 잊지 않았다.

래기러그는 적들이 나타날 때 보이는 징조와 그에 따른 방어법도 배웠다. 매, 부엉이, 여우, 사냥개, 똥개, 밍크, 족제비, 고양이, 스컹크, 미국너구리, 그리고 사람은 추적하는 방법이 서로 다르기 때문에 대처법을 하나하나 따로 익혀야 했다.

또 적이 접근해 오고 있다는 사실을 자신의 능력으로 가장 먼저 감지해야 하지만, 가끔은 어미 토끼와 푸른어치의 도움이 필요하다는 것도 알게 되었다.

몰리는 이렇게 말했다.

"푸른어치의 경고를 소홀히 해서는 안 돼. 녀석들은 이간질에다 도둑질까지 일삼지만, 결코 무시해선 안 되는 존재야. 녀석들이 우리에게도 공격해 올 때가 있긴 하지만, 들장미덩굴이 있어서 정작 해치지는 못해. 어쨌든 녀석들이 적이란 사실은 잊지마. 그리고 딱따구리가 조심하라고 소리지를 땐 믿어야 돼. 딱따구리는 정직하니까. 그런데 푸른어치에 비하면 좀 모자라는 편이지. 참, 푸른어치들은 고의로 거짓말을 할 때가 자주 있지만, 불길한 소식을 전할 때는 믿는 편이 안전해."

철조망 기술을 익히는 데는 엄청난 담력과 다리 힘이 필요했다. 래기러그가 실제로 시도하기까지는 오랜 시간이 걸렸다. 다행히 힘이 갖추어진 다음에는 가장 좋아하는 기술 가운데 하나가 되었다.

몰리가 말했다.

"성공할 수만 있다면야 정말 좋은 재주지. 개가 쫓아올 땐 잡힐락 말락 하면서 약을 한껏 올린 뒤에 철조망 앞까지 전속력으로 달려와서 단번에 뛰어넘는 거야. 철조망에 부딪혀서 불구가 된 녀석들을 얼마나 많이 봤는지 몰라. 커다란 사냥개 한 마리는 그 자리에서 즉사하기도 했어. 그리고 이 기술을 시도하다가 죽은 토끼도 여럿이야."

래기러그는 다른 토끼들은 전혀 배운 적이 없는 것도 일찌감치 교육을 받았다. '구멍에 숨기' 같은 기술은 생각보다 쓸모가 없다는 것을 진작에 알아채었다. 영리한 토끼에게는 그 기술이 안전할 수도 있지만, 어리석은 토끼에게는 자칫하다가 죽음으로 가는 지름길이 될 수도 있었다. 어린 토끼는 이 방법을 가장 먼저 떠올리지만, 나이 든 토끼는 다른 방법이 없을 때만 시도했다. 사람이나 개, 여우, 맹금류에게는 통할 수도 있지만, 검은발족제비나 밍크, 스컹크 같은 적에게 어설프게 시도했다간 도리어 목숨을 잃기 십상이었다.

이 습지에는 굴이 딱 두 군데밖에 없었다. 하나는 남쪽 끝의 서닝 둑에 있었다. 햇살이 좋은 날이면 토끼 모자는 주변이 확 트인 둑 위에서 일광욕을 즐겼다.

노루발풀 위에 누워 고양이처럼 온몸을 길게 펴고는 향긋한 소나무 향을 맡으며 햇볕을 쬐었다. 마치 고통스런 일을 하고 있는 듯이 연방 눈을 깜빡이며 숨을 헐떡거리지만, 토끼 모자한테

는 가장 즐거운 시간 가운데 하나였다.

그 둑의 가장자리에는 커다란 소나무 그루터기가 하나 있는데, 뿌리가 꿈틀꿈틀하며 모래 언덕 위로 올라가는 용을 닮아 있었다. 용의 발톱에 해당하는 부분에 우드척다람쥐 영감이 오래전에 파 놓은 굴이 있었다.

우드척다람쥐는 시간이 흐를수록 성미가 점점 더 고약해지고 괴팍해졌다. 어느 날은 굴 밖에서 올리펀트 영감네 개를 기다렸다가 다짜고짜 싸움을 걸었다. 그 덕분에 그 굴은 한 시간 뒤 솜꼬리토끼 몰리의 차지가 되었다.

그러나 얼마 안 가, 이 소나무 그루터기를 뻔뻔하기 짝이 없는 스컹크가 차지해 버렸다. 녀석은 용기라곤 쥐뿔도 없으면서 자만심만 지나쳐서 총을 든 사람 앞에서 까불거리다가 목숨을 잃었다. 그래서 몰리의 굴을 영원히 차지하려던 꿈은 히브리의 어느 왕처럼 7일 천하에 그치고 말았다.

또 다른 굴은 토끼풀 밭 옆 고사리 덤불 속에 있었다. 그 굴은 양치식물이 무성한 데다 좁고 습하기까지 해서 궁지에 몰려 어쩔 수 없는 경우가 아니라면 거의 쓸모가 없었다. 그 굴도 우드척다람쥐가 파 놓았다. 우드척다람쥐는 한때 다정한 이웃이었지

만, 변덕스런 성격 탓에 가죽이 홀라당 벗겨져 올리펀트 영감네 일꾼들의 말채찍으로 쓰이는 신세가 되었다.

"이래야 공평하지. 녀석이 말에게 줄 먹이를 죄다 훔쳐 먹었잖아."

올리펀트 영감이 일꾼에게 중얼거렸다.

그 굴 역시 나중에 솜꼬리토끼들이 차지했지만, 적을 속일 수 있는 방법이 그것밖에 없다고 여길 때 말고는 얼씬하지 않았다.

그 외에 속이 텅 빈 히코리나무 한 그루가 거의 쓰러지다시피 하고 서 있었다. 그런데도 그 나무는 여전히 푸른빛을 띠고 있는 데다, 양쪽 끝이 뚫려 있어서 적을 피해 숨거나 달아나기에 더없이 좋았다. 그 나무에는 미국너구리 로토가 혼자서 외롭게 살고 있었다. 로토는 개구리 사냥에 뛰어난 재주를 보였다. 하지만 겉으로는 마치 수도승처럼 짐승의 고기를 삼가는 듯이 굴었다.

로토 영감이 토끼를 잡아먹을 기회를 호시탐탐 노리고 있다는 것은 공공연한 비밀이었다. 어느 날, 로토는 한밤중에 올리펀트 영감네 닭장을 털려다가 그만 목숨을 잃고 말았다. 그 덕분에 몰리는 편안한 마음으로 이 아늑한 보금자리를 거저 손에 넣게 되었다.

8월의 눈부신 아침 햇살이 늪지를 가득 채웠다. 세상의 모든 것이 따뜻한 햇살에 흠뻑 젖어들었다. 그때 갈색 습지참새 한 마리가 연못 위에서 빠르게 오르락내리락하며 날갯짓을 했다.

연못에는 탁한 물이 고여 있었는데, 파란 하늘과 노란 개구리밥, 그리고 물 위에 거꾸로 비치는 물새의 그림자가 조각보처럼 색색의 무늬를 만들어 내었다. 뒤쪽의 둑 위로는 초록색 앉은부채가 빽빽이 자라서 습지의 덤불 위로 짙은 그림자를 드리웠다.

습지참새의 눈에는 이 아름다운 색감이 조금도 보이지 않을지도 모른다. 우리가 볼 수 없는 것들을 관찰하고 있었으니까. 앉은부채의 널따란 잎 아래에 북실북실한 털을 가진 갈색 짐승 두 마리가 숨어 있었다. 꼼짝하지 않은 채 단지 코만 실룩이는데도 습지참새의 눈에는 정확히 포착이 되었다.

바로 몰리와 래기러그였다. 앉은부채 잎 밑에서 몸을 웅크리고 있는 것은 결코 그 풀의 역겨운 냄새가 좋아서가 아니었다. 날개 달린 녀석들이 그 냄새 때문에 자기들을 건드리지 않기 때문이었다.

토끼들에게는 공부 시간이 따로 정해져 있지 않았다. 시시때때로 맞닥뜨리는 순간순간이 다 공부 시간이었다. 수업 내용 역시 그때그때 필요에 따라 정해졌다. 실제로 위험이 닥치기 전에 미리 배워 두어야 하니까. 그렇지 않으면 아무 소용이 없었다.

사실 토끼 모자가 이곳을 찾은 것은 조용히 쉬기 위해서였다.

하지만 휴식 시간은 오래가지 않았다. 정찰꾼 푸른어치의 경계 경보가 떨어졌던 것이다.

몰리는 코와 귀를 쫑긋 세우고 꼬리를 등에 착 붙였다. 늪지대 저쪽에서 올리펀트 영감의 얼룩개가 다가오고 있었다.

"자, 움츠려! 내가 저 멍청한 녀석을 따돌리고 올게."

어미 토끼는 이렇게 말한 뒤, 개 앞으로 성큼 달려 나간 다음 앞질러 뛰어갔다.

"커엉, 컹."

개는 큰 소리로 짖어 대며 몰리의 뒤를 쫓아갔다. 몰리는 잡힐 듯 말 듯 하면서 개를 수백만 개의 가시가 돋힌 철조망으로 유인했다. 잠시 후 개는 철조망에 부딪혀 큰 부상을 당한 채 고통에 겨운 비명을 지르며 집으로 돌아갔다.

몰리는 개가 되돌아올 경우를 대비해서 급회전을 하기도 하고 뒷걸음질을 치기도 하면서 앉은부채 밑으로 돌아왔다. 래기러그는 똑바로 서서 목을 길게 들어 올린 채 그 위험한 경기를 관람하고 있었다. 어미 토끼는 자기 말을 듣지 않은 것에 화가 난 나머지, 뒷발로 래기러그를 훅 걷어차 진흙탕으로 날려 버렸다.

어느 날 몰리와 래기러그가 토끼풀 밭에서 풀을 뜯고 있을 때였다. 붉은꼬리말똥가리 한 마리가 그들에게 쏜살같이 달려들었다. 몰리는 뒷발로 차서 말똥가리를 골려 주고는 들장미덩굴로 줄행랑을 쳤다. 말똥가리는 도저히 쫓아갈 수가 없었다.

래기러그는 어미 토끼의 하얀 솜털 같은 꼬리를 보며 바지런히 따라갔다.

그 길은 개울가의 잡목 숲에서 화로의 연통처럼 생긴 덤불숲으로 이어지는 주요 통로였다. 그런데 덩굴 식물이 길을 덮고 있어서 앞으로 나아갈 수가 없었다. 어미 토끼는 한쪽 눈으로 말똥가리를 살피면서 이빨로 덩굴을 잘라 길을 터 나갔다. 어미 토끼가 하는 것을 바라보던 래기러그도 앞으로 뛰어나가 길을 막고 있던 덩굴을 이빨로 끊었다.

어미 토끼가 말했다.

"도망갈 길은 항상 잘 관리해 둬야 해. 언제 필요할지 모르거든. 넓지는 않아도 되지만 막혀 있는 것은 없어야 해. 덩굴처럼 길을 막고 있는 것은 뭐든지 다 잘라 놔야 하지. 언젠가는 올가미를 잘라야 할 날이 올 거야."

"올가미요?"

래기러그가 왼쪽 발로 오른쪽 귀를 긁으며 물었다.

"음, 올가미는 언뜻 덩굴같이 보이는데 줄기가 자라지는 않아. 이 세상에 있는 말똥가리를 모두 합친 것보다 더 무서운 거지. 밤이고 낮이고 길목에 숨어서 널 잡을 기회만 노리고 있으니까."

몰리는 저 멀리 날아가고 있는 붉은꼬리말똥가리를 흘낏 쳐다보면서 말했다.

"제가 왜 그런 것한테 잡히겠어요?"

래기러그는 뒷발로 보드라운 나뭇가지를 잡아당겨 볼과 수염을 비비면서 자신감 넘치는 목소리로 말했다. 래기러그는 자기가 지금 어떤 행동을 하고 있는지 알지 못했다. 하지만 어미 토끼는 자신의 새끼가 어른이 되어 간다는 신호라는 것을 알아차렸다. 사내아이들의 변성기처럼…….

호르는 물에는 마법의 힘이 깃들어 있다. 그것을 알지 못하는 이가 있을까? 철로를 놓는 기술자들은 넓은 늪이나 호수, 심지어는 바다에도 척척 둑을 쌓을 수 있다. 하지만 흐르는 물에서는 제아무리 작은 개천이라 할지라도 물길의 흐름을 거스르지 않으려 노력한다.

독한 알칼리성 토양의 사막을 지나가는 여행자들은 아무리 목이 말라 죽을 것 같아도 잡풀이 무성한 못에는 다가가지 않는다. 못의 가운데에 가늘고 깨끗한 물줄기가 흐르는 걸 확인해야만 살아 있는 물이라 믿으며 안심하고 마신다.

흐르는 물에는 악마의 주문으로도 막을 수 없는 마법의 힘이 있다. 야생의 숲에 사는 동물들은 발자국 냄새를 맡고 쫓아오는 무시무시한 적과 마주치면, 죽음이 목전으로 다가왔다는 걸 깨닫고 끔찍한 주문에 걸리게 된다. 온몸의 힘이 쫙 빠지면서 그동안의 책략이 수포로 돌아가게 마련이다.

그 동물에게 남은 희망이라곤 행운의 천사가 나타나 흐르는 물, 즉 살아 있는 물로 인도해 주는 것뿐이다. 그러면 깨끗한 물로 뛰어들어 기운을 되찾은 뒤 다시 숲으로 돌아갈 수 있게 된다.

흐르는 물에는 마법의 힘이 있다. 물가까지 추격해 온 사냥개들은 그곳에서 걸음을 멈추고 냄새를 맡아 보지만 아무리 애를 써 봐도 소용이 없다. 죽음의 문턱까지 밀어붙였던 사냥개의 주문은 유쾌하게 흐르는 물소리에 산산이 부서지고, 야생 동물은 유유히 자신의 삶으로 돌아간다. 이것은 래기러그가 어미 토끼 몰리에게 배운 중요한 비밀 가운데 하나이다.

"물은 숲에서 들장미덩굴 다음가는 친구야."

찌는 듯이 무덥던 8월의 어느 날 밤, 어미 토끼는 래기러그를 데리고 숲속으로 갔다. 꼬리 아래쪽의 솜같이 하얀 엉덩이가 앞에서 반짝반짝 빛났다. 마치 래기러그를 안내하는 등불 같아 보였다. 엉덩이를 바닥에 깔고 앉으면 금세 사그라져 버리기는 했지만. 몰리와 래기러그는 뛰어가다가 멈춰 서서 귀를 기울이기를 몇 번이나 반복하면서 연못가로 갔다.

토끼 모자의 머리 위쪽에 있는 나무에서 청개구리들이 개골개골 울어 대었다. 좀 더 떨어진 곳에서는 물속에 잠긴 통나무에서 디룩디룩 살찐 황소개구리들이 얼굴만 내놓은 채 술에 취한 듯 개굴개굴 노래를 불렀다.

"조용히 따라와."

어미 토끼는 이렇게 말한 뒤, 못으로 폴짝폴짝 뛰어가 물에 반쯤 잠겨 있는 통나무로 헤엄쳐 갔다. 몇 번인가 주저하다가 마침내 물속으로 뛰어든 래기러그는 코로 숨을 헐떡거리기도 하고 씰룩거리기도 하면서 어미 토끼를 흉내 내었다. 발을 땅에서와 똑같이 움직이자 이내 물살을 가르며 앞으로 움직였다. 바야흐로 래기러그도 수영을 할 수 있게 되었다. 통나무까지 헤엄쳐 가서 어미 토끼 곁으로 기어 올라갔다. 그곳은 골풀로 둘러싸여 있었는데, 물결이 이상하리만치 잔잔했다.

그날 이후 스프링필드의 늙은 여우가 습지를 찾아오는 깜깜한 밤이면, 래기러그는 버릇처럼 황소개구리의 술에 취한 듯한 노랫소리에 귀를 기울였다. 그 소리가 절망적인 위기 상황에서 안전을 지켜 주는 길잡이 역할을 해 주었다. 황소개구리의 노랫소리는 "위험할 땐 이리로 와. 이리로 와." 하고 외치는 신호인 것만 같았다.

야생 동물은 늙거나 병이 들어서 자연적으로 죽는 일은 거의 없다. 그들의 최후는 언제나 비극적이다. 단지 얼마나 오랫동안 적에게 대항할 수 있느냐의 차이일 뿐…….

래기러그의 삶에서 보듯이, 토끼는 유년기를 무사히 넘기고 나면 청·장년기까지는 그런대로 잘 살 수 있다. 그래서 마지막 세 번째 시기, 즉 우리가 노년기라고 부르는 제3의 시기에 가서야 죽음을 맞게 된다.

숲 곳곳에 솜꼬리토끼 모자의 적이 도사리고 있었다. 그래서 그들의 일상은 그야말로 도망의 연속이었다. 개, 여우, 고양이,

스컹크, 미국너구리, 족제비, 밍크, 뱀, 매, 부엉이, 사람……. 심지어는 곤충들까지도 그들을 죽일 기회를 호시탐탐 엿보았다. 그들은 수백 번의 모험을 겪었다. 하루에 한 번은 어김없이 목숨을 걸고 도망쳐야 했다. 그때마다 다리 힘과 기지로 위기를 떨치고 스스로를 지켜 왔다.

스프링필드의 여우가 쫓아오는 바람에 샘 근처에 있는 철조망 아래로 피신한 적이 한두 번이 아니었다. 다행히 그곳으로 가기만 하면 여우가 자기들을 잡으려고 하다가 도리어 다리만 찔리는 꼴을 여유 있게 구경할 수 있었다.

사냥개의 공격을 받고서 개 못지않게 위험스러운 스컹크에게 떠넘긴 일도 두어 번 있었다. 한번은 사냥꾼에게 사로잡힌 적도 있었다. 운 좋게도 그다음 날 무사히 도망쳐 나왔지만.

그때 래기러그는 굴이라는 것이 그다지 믿을 만한 것이 못 된다는 것을 뼈저리게 느꼈다. 또 고양이에게 쫓기다 물속으로 뛰어든 적도 있었다. 매나 부엉이에게 쫓기기도 했지만, 그때마다 각각의 위험에 걸맞은 보호 방법을 찾아냈다.

어미 토끼가 기초적인 속임수들을 가르쳐 주기는 했지만, 래기러그는 나이를 먹으면서 그것을 조금씩 개량해 더 나은 방법으로 발전시켰다. 나이가 들수록 점점 더 영리해졌다. 무조건 달리기보다는 지혜를 사용하는 일이 많아졌다.

이웃 마을에 레인저라는 어린 사냥개가 살고 있었다. 그 개의 주인은 종종 솜꼬리토끼를 쫓는 훈련을 시키곤 했다. 그때마다 그 개는 래기러그를 쫓아다녔다. 사실은 사냥꾼이나 개만큼 아기 토끼도 달리는 것을 좋아했다. 위험에 처했다가 벗어났을 때의 그 짜릿한 쾌감은 무엇과도 비교할 수 없었다.

래기러그는 어미 토끼에게 이렇게 말하곤 했다.

"엄마! 개가 나타났어요. 오늘도 한바탕 뛰어야겠는걸요."

그러면 어미 토끼는 걱정스런 목소리로 대답했다.

"너, 너무 까부는 거 아니니? 어째 신이 난 것 같구나."

"엄마, 저 멍청한 개를 골려 주는 게 얼마나 재미있는데요. 혹시라도 위험하게 되면 쿵쿵 신호를 보낼 테니까, 엄마가 오셔서 제가 기운을 차릴 때까지 교대해 주세요."

레인저의 추격은 대개 래기러그가 지칠 때까지 계속되었다. 가끔은 쿵쿵 신호를 보내어 어미 토끼에게 떠맡기기도 하고, 래기러그 스스로 꾀를 써서 따돌리기도 했다.

래기러그는 땅바닥에 가까이 있을 때나 체온이 높을 때에 자신의 냄새가 가장 많이 남는다는 것을 알아차렸다. 바닥에서 떨어진 채로 삼십 분쯤 가만히 앉아 몸을 식히면 냄새가 약해져서 훨씬 더 안전했다.

그래서 쫓고 쫓기는 놀이에 싫증이 나면, 연못가의 들장미덩굴 숲까지 지그재그로 달려갔다. 이런 식으로 꾸불꾸불하게 경로를 남기면 사냥개가 추적하는 데 아주 많은 시간이 걸렸다.

그러고 나서는 통나무가 있는 E지점을 단숨에 통과해, 숲속에 있는 D지점까지 곧바로 달려갔다. D지점에서 뜀박질을 멈춘 뒤 F지점까지 거슬러 내려오다가, 옆으로 홱 돌아서 G지점으로 뛰었다. 그러고서는 자기 발자국을 밟으며 다시 J지점까지 돌아온 다음, 사냥개가 발자국을 따라 I지점을 통과하기를 기다렸다.

그 뒤 래기러그는 H지점으로 와서 E지점까지 자기 발자국을 밟으며 되돌아갔다. 거기서 개가 냄새를 맡지 못하도록 하기 위해 통나무의 맨 꼭대기로 올라가 마치 그루터기인 것마냥 앉아 있었다.

레인저가 덤불의 미로에서 많은 시간을 허비하고 간신히 D지점까지 왔을 때는 이미 토끼의 냄새가 거의 사라지고 난 뒤였다. 여기서 녀석은 냄새를 찾아내려고 주위를 빙빙 돌면서 많은 시간을 또 낭비했다. 어렵사리 냄새를 찾아내어도 G지점으로 가면 또다시 사라지고 말았다.

녀석은 여기서 또 한 번 당황하며 어찌할 바를 모른 채 빙글

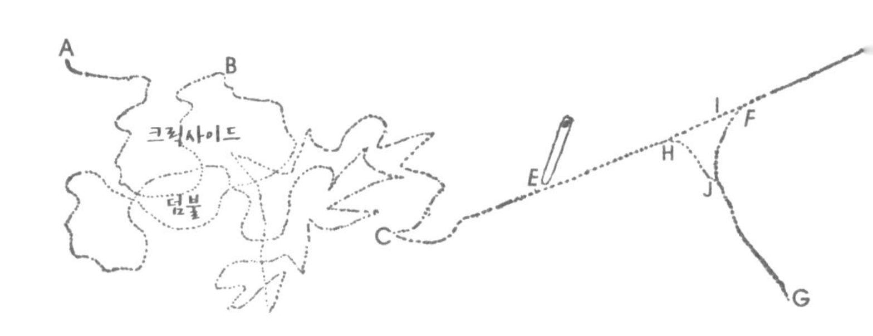

빙글 돌았다. 그렇게 몇 바퀴를 돌다가 결국 래기러그가 올라가 있는 통나무 아래로 다가갔다. 날씨가 추우면 냄새가 밑으로 흘러가지 않는다! 게다가 래기러그가 눈도 깜빡거리지 않은 채 가만히 있었기 때문에 레인저는 끝내 발견하지 못하고 그냥 지나쳐 버렸다.

잠시 후, 녀석이 다시 돌아왔다. 이번에는 통나무의 아랫부분을 어슬렁거리며 코를 킁킁거렸다. 그러다 냄새 맡는 것을 멈추고는 이렇게 중얼거렸다.

"토끼 냄새가 분명히 나기는 하는데……."

냄새는 이제 무척 희미해져 있었다. 녀석은 혹시나 하는 마음에 통나무 위로 올라가기 시작했다. 커다란 사냥개가 냄새를 맡으며 통나무로 올라오고 있는 순간은 래기러그에게 무척 괴로운 시간이었다. 그러나 래기러그는 용기를 잃지 않았다. 운 좋게도 바람이 래기러그 쪽으로 불고 있었다. 래기러그는 녀석이 절반쯤 올라오면 껑충 뛰어 달아날 참이었다.

그렇지만 녀석은 더 이상 가까이 오지 않았다. 냄새가 거의 남아 있지 않았던 터라, 지레 포기하고선 통나무에서 뛰어내려 사라져 버렸다. 이번에도 래기러그의 승리였다.

래기러그는 어미 토끼 이외에 다른 토끼를 한 번도 본 적이 없었다. 자신들 말고 또 다른 토끼가 있으리라고는 상상조차 해 보지 않았다. 어쩌다 어미 토끼와 사이가 벌어질 때도 있지만,

사냥개 레인저가 래기러그 쪽으로 킁킁거리며 다가오고 있다.

쓸쓸하다는 생각은 한 번도 하지 않았다. 토끼들은 동료에게 연연해하지 않기 때문이다.

12월의 어느 날, 래기러그가 빨간 층층나무 숲에서 골짜기로 통하는 길을 새로 내고 있을 때였다. 서닝 둑 위에서 낯선 토끼의 머리와 귀가 불쑥 튀어나왔다. 그 토끼는 자신이 발견한 것이 만족스러운 듯, 습지로 난 길을 따라 래기러그에게로 깡충깡충 뛰어왔다. 그 길도 래기러그가 만들어 놓은 것이었다. 래기러그는 뭔가 알 수 없는 감정이 온몸에서 솟구치는 걸 느꼈다. 분노와 증오가 뒤섞인 시샘 비슷한 감정이었다.

그 낯선 침입자는 래기러그가 뒷다리를 한껏 편 채 키가 닿는 곳에 털을 문지르곤 했던 나무까지 와서 뚝 멈춰 섰다. 래기러그는 그저 자기가 좋아서 하는 행동이라고 생각했지만, 수토끼가 그런 행동을 하는 데는 다 그럴 만한 이유가 있었다.

나무에다 냄새를 묻혀서, 이 습지가 자기 가족의 소유이므로 다른 토끼는 정착하지 말라고 알리는 일종의 경고 표시였다. 나중에 온 토끼는 그 냄새를 맡고서 먼저 온 토끼가 자신과 아는 사이인지 아닌지 구별하였다. 또 털을 문지른 높이를 보고 키가 얼마나 되는지도 가늠했다.

그런데 기분 나쁘게도 침입자는 래기러그

보다 키가 머리 하나쯤은 더 큰 데다가 몸집도 꽤 좋았다. 래기러그는 마음속에서 살의가 마구 치솟아 입안에 아무것도 없는데도 이빨을 빠드득 갈았다. 그러다 단단하고 평평한 땅으로 뛰어나가 땅을 천천히 두드렸다.

"쿠웅-, 쿠웅-, 쿠웅-."

토끼들 말로 "내 습지에서 꺼져. 그렇지 않으면 한판 붙겠다."란 뜻이었다. 침입자 토끼는 귀를 V자 모양으로 쫑긋 세웠다. 그렇게 잠깐 동안 서 있다가, 이내 앞발로 땅바닥을 내리쳐서 더 크고 강한 소리를 냈다.

"쿵-, 쿵-, 쿵-."

바야흐로 둘 사이에 전쟁이 선포되었다. 그들은 서로 눈치를 살피면서 좀 더 유리한 위치를 잡으려고 옆쪽으로 조금씩 달려갔다. 근육질의 침입자는 몸도 크고 몸무게도 많이 나가는 수토끼였다. 하지만 두어 차례 넘어지는 바람에 래기러그보다 높은 곳에 설 기회를 놓쳐 버렸다. 그다지 영리해 보이지는 않았다. 아마도 덩치로 밀어붙일 속셈인 듯했다.

래기러그는 작은 몸으로 맹렬하게 맞섰다. 이윽고 맞붙은 두 토끼는 공중으로 뛰어오르면서 뒷발로 서로를 치기 시작했다. 툭, 툭, 소리가 날 만큼 세차게 부딪쳤는데, 안타깝게도 아래로 나가떨어진 것은 래기러그였다.

순간, 침입자는 래기러그에게 재빨리 달려들어 이빨로 마구 물어뜯었다. 래기러그는 몇 움큼의 털을 뜯기고 나서야 겨우 일어났다. 그러고는 잽싸게 몸을 피했다가 다시 공격해 보았지만, 이번에도 나가떨어져서 물어뜯기는 신세가 되고 말았다. 래기러그는 침입자의 상대가 되지 못했다. 이제는 어떻게든 목숨을 부지하는 것이 중요했다.

래기러그가 상처 입은 몸으로 황급히 달아나자, 침입자가 전속력으로 추격했다. 녀석은 래기러그를 습지에서 쫓아내는 것을 넘어 아예 죽이려는 듯한 기세로 달려들었다. 다행히 래기러그는 다리가 멀쩡한 데다 호흡이 꽤 좋은 편이었다.

침입자는 몸집이 크고 무거운 탓에 얼마 못 가서 추격을 포기했다. 래기러그는 그제야 한시름을 놓았다. 래기러그 역시 지칠 대로 지친 데다 몸 곳곳에 난 상처가 뻐근해져 오고 있었기 때문이다.

그날 이후 래기러그에게는 공포의 시간이 시작되었다. 이전에 받은 훈련은 부엉이와 개, 족제비, 사람에 대비하는 것이었지, 다른 토끼의 추격을 막기 위한 것은 아니었다. 그렇기 때문에 앞으로 어떻게 해야 할지 알 수가 없었다. 래기러그가 알고 있는 것은 몸을 작게 움츠리고 있다가 적에게 발견되는 순간 잽싸게 도망가는 것이 전부였다.

몰리 역시 완전히 겁에 질리고 말았다. 래기러그를 도울 엄두도 내지 못한 채 어떻게든 숨으려고만 들었다. 아까 그 수토끼는 곧 어미 토끼 몰리를 찾아냈다. 어떻게든 도망치고 싶었지만, 몰리는 래기러그만큼 빠르지 못했다. 침입자는 사실 몰리를 죽이려는 게 아니라 사랑을 나누려 했을 뿐이지만, 자기를 싫어하는 기색을 대놓고 드러내자 못되게 구는 수밖에 달리 방법이 없었다.

다음 날도, 그다음 날도 침입자는 몰리를 끈질기게 따라다니며 추근거렸다. 몰리가 계속 피하자, 화가 난 나머지 부드러운 털을 한 움큼 물어뜯었다. 그러고 나서야 분이 풀렸는지 잠시나마 도망가게 길을 터 주었다.

녀석의 최종 목표는 래기러그를 죽이는 것이었다. 그렇기 때문에 몰리가 영영 도주할 수 있는 희망은 거의 없어 보였다. 이 습지 말고는 달리 갈 곳도 없었다. 잠깐이라도 낮잠을 잔다는 것은 목숨을 거는 일이나 마찬가지였다. 그 녀석은 하루에도 십여 차례씩 래기러그가 잠자는 곳으로 몰래 다가왔다. 조심성이 많은 래기러그가 번번이 제때에 눈을 뜨는 바람에 가까스로 도망을 칠 수 있었다.

그렇다고 해도 완전한 도망은 아니었다. 목숨을 부지하고 있기는 했지만 이보다 더 비참한 삶은 없을 성싶었다. 그동안 공들여 만들어 놓은 먹이밭이며 안락한 대피소가 이 지긋지긋한 녀석에게 죄다 짓밟혔다. 게다가 어미 토끼가 매일같이 녀석에게 당하는 꼴을 무기력하게 바라볼 수밖에 없었다. 이 얼마나 미칠 노릇인지! 머지않아 래기러그는 그 모든 것이 승자의 몫이라는 것을 알아차렸다. 그래서 여우나 족제비보다 녀석을 더 증오하게 되었다.

앞으로 어떻게 해야 할까? 제대로 먹지도 못한 채 경계와 도주에 급급해하며 지내다 보니, 래기러그도 이제 거의 녹초가 되어 버렸다. 몰리의 체력과 정신력도 급격히 떨어졌다. 침입자는 래기러그를 죽이기 위해서라면 무슨 짓이든 다 할 태세였다.

심지어 토끼들 사이에서 가장 비열한 짓으로 여겨지는 것까지도 서슴지 않았다. 토끼들끼리는 아무리 미워하는 사이라도 공동의 적이 나타나면 싸움을 멈춰야 했다.

어느 날 참매 한 마리가 습지로 날아들었다. 이 침입자는 저 혼자만 몸을 잘 숨기고선 래기러그를 훤히 트인 곳으로 자꾸만 내몰았다. 래기러그는 참매에게 두어 차례 잡힐 뻔하다가 들장미덩굴 덕분에 겨우 목숨을 건졌다. 그 큰 수토끼는 자기도 잡힐 것 같은 상황이 되어서야 그 비겁한 짓을 멈추었다.

이번에도 가까스로 위기를 모면하긴 했지만, 상황은 좀체 나아지지 않았다. 래기러그는 별수 없이 다음 날 밤에 어미 토끼와 함께 새 보금자리를 찾아 떠나기로 마음먹었다.

그때 선더라는 늙은 사냥개가 냄새를 맡으며 습지로 가까이 오는 소리가 들려왔다. 순간, 래기러그는 목숨을 건 최후의 일전을 벌일 때가 되었다는 걸 직감했다. 그래서 일부러 사냥개 앞으로 뛰어나갔다. 그 바람에 맹렬한 추격전이 시작되었다. 습지 주위를 세 바퀴나 돌면서 래기러그는 어미 토끼가 안전하게 숨어 있는 것을 확인했다. 또 자신의 적이 평소대로 집 안에 숨어 있다는 것도 알아냈다.

잠시 후 래기러그는 그 집으로 뛰어든 다음, 녀석의 머리 위로 뛰어넘으면서 뒷발로 힘껏 걷어찼다.

"이 멍청한 자식, 죽여 버릴 테다."

녀석은 화가 나서 이렇게 외치며 벌떡 일어섰다. 그리고 잠시 후, 자신이 래기러그와 사냥개 사이에 끼여 모든 위험을 고스란히 떠안게 되었다는 사실을 깨달았다.

사냥개는 격렬하게 짖어 대며 냄새나는 쪽으로 곧장 달려갔다. 수토끼의 커다란 덩치는 토끼끼리의 싸움에서는 유리하게 작용했지만, 사냥개 앞에서는 오히려 상황이 역전되고 말았다. 녀석은 기술이 별로 없었다. 기껏해야 '급회전'이나 '지그재그로 도망가기', '구멍에 숨기' 등, 아기 토끼들도 뻔히 다 아는 단순한 것들뿐이었다. 그러나 급회전이나 지그재그로 도망가기에는 사냥개가 너무 가까이 와 있었다. 심지어 구멍이 어디에 있는지도 모르고 있었다.

남은 방법은 똑바로 도망가는 길뿐이었다. 모든 토끼들의 친구인 들장미덩굴도 최선을 다해 보았지만, 이번에는 아무 소용이 없었다. 사냥개는 연방 짖어 대었다. 들장미덩굴이 꺾이는 소리가 나는가 싶더니, 사냥개가 짖는 소리와 함께 녀석의 연약한

귀가 들장미덩굴의 가시에 찢기는 소리가 들려왔다. 이윽고 격투가 시작되었다. 곧이어 끔찍한 비명 소리가 울려 퍼졌다. 그 소리가 무엇을 뜻하는지 아는 래기러그는 온몸을 바들바들 떨었다.

하지만 그것도 한순간이었다. 이 모든 일이 끝난 후, 래기러그는 다시 습지의 주인이 된 사실을 마음껏 기뻐했다.

어느 날, 올리펀트 영감은 습지의 동쪽과 남쪽에 우거져 있는 관목 숲을 모두 태워 버리고, 샘 바로 아래쪽에 철조망을 두른 돼지우리까지 없애 버렸다. 그 일은 래기러그 모자에게 무척 괴로운 상황을 불러왔다. 관목 숲은 그들의 거처였으며, 돼지우리는 거대한 요새이자 피난처였기 때문이다.

그들은 이 습지를 오랫동안 차지하고 있었다. 뿐만 아니라 올리펀트 영감네 토지와 건물들까지 포함해 습지 가장자리까지도 자기네 영역이라고 생각해 왔다. 그래서 헛간 마당에 다른 토끼가 접근하는 것조차 불쾌하게 여겼다.

1월이 되어 날씨가 풀리자, 올리펀트 영감네 가족은 연못 주변에 남아 있던 나무들을 모조리 베어 냈다. 솜꼬리토끼 모자의 영토는 점점 줄어들었다. 그래도 이 습지에 계속 머물렀다. 이곳이 바로 고향이었기 때문에 낯선 땅으로 옮겨 가는 것은 생각조차 하기 싫었다. 위험한 일은 하루가 다르게 일어났지만, 발도

빠르고 호흡도 길고 머리도 총명했기에 꿋꿋이 버텼다.

최근에는 개울을 거슬러 올라와 그들의 피난처를 기웃거리는 밍크 때문에 애를 먹었다. 할 수 없이 그들은 꾀를 부려서 이 불청객을 올리펀트 영감네 닭장으로 안내했다. 녀석이 감시의 눈초리에 제대로 걸려들었는지는 확인하지 못했다.

위험한 일을 몇 차례 겪고 난 후로, 그들은 막다른 골목에 다다랐을 때를 빼고는 굴을 이용하지 않았다. 대신에 들장미덩굴과 조금 남아 있는 관목 숲에서 생활하는 시간이 훨씬 더 많아졌다.

이제 첫눈도 거의 녹고 날씨도 제법 따뜻해졌다. 어느 날 다리에서 통증을 느낀 몰리는 기운을 돋워 주는 바위앵두 열매를 찾아서 나지막한 덤불로 갔다. 래기러그는 둑에 올라가 햇살을 받으며 앉아 있었다. 올리펀트 영감네 집 지붕 위로 솟은 굴뚝에서는 푸른빛 연기가 간간이 피어올랐다. 그 너머로는 안채와 마찬가지로 저녁 햇살을 받아 지붕이 황금색으로 물든 헛간이 노아의 방주처럼 떡하니 서 있었다.

헛간에서 들려오는 소리와 연기에 섞여 오는 냄새로 보아, 헛간 앞뜰에서 가축들이 양배추를 먹고 있는 게 틀림없었다. 래기러그는 저도 모르게 입안에서 군침이 돌았다. 코를 쫑긋거리며 연방 두 눈을 끔뻑거렸다. 양배추는 래기러그가 엄청 좋아하는 먹이였다. 그런데 하필이면 어젯밤에 헛간으로 가서 토끼풀을 조금 먹었다. 생각이 손톱만큼이라도 있는 토끼라면 같은 장소에 절대로 이틀 밤 연속으로 가지 않았다.

역시나 똑똑한 래기러그는 다른 방법을 택했다. 양배추 냄새가 나지 않는 곳으로 이동한 후, 건초 더미에서 떨어진 마른풀 한 다발로 저녁 식사를 했다. 그러고 나서, 어둠이 깔릴 무렵에 어미 토끼에게 갔다. 몰리는 둑 근처에서 바위앵두를 먹은 후, 자작나무 껍질로 간단히 저녁 식사를 마친 뒤였다.

그사이에 하루 일과를 마친 태양은 찬란한 황금빛을 마지막으로 뿜으며 서서히 산 너머로 사라지고 있었다. 동쪽 하늘에서부터 크고 검은 장막이 하늘에 드리워지기 시작했다. 곧이어 세상이 칠흑 같이 어두워졌다. 태양이 없는 틈을 타서 또 다른 재앙꾼인 바람이 무대 위로 올라와 위세를 자랑했다. 그 바람에 날씨는 점점 더 추워졌다. 온 세상이 눈으로 덮였을 때보다 더 추운 것 같았다.

"많이 춥지요? 관목 숲이 그대로 있었으면 난로의 연통 노릇을 해 주었을 텐데."

래기러그가 말했다.

"소나무 밑둥치에 있는 구멍이라면 밤을 지내기가 좀 나을 테지만, 헛간 어귀에 밍크 가죽이 아직 걸리지 않은 걸 보니 안심하긴 이른 것 같구나."

어미 토끼가 힘없이 대답했다.

그새 속이 텅 빈 히코리나무도 없어져 버렸다. 사실 그 히코리

나무 둥치는 목재소에서 뒹굴고 있었는데, 그 속에는 토끼들이 무서워하는 밍크가 자리 잡고 있었다.

결국 솜꼬리토끼 모자는 덤불 밑에서 밤을 보냈다. 서로 다른 방향으로 코를 내놓은 채 바람을 맞으며 잠을 잤다. 혹시라도 무슨 일이 생기면 각기 다른 방향으로 뛰쳐나가야 했기 때문이다.

밤이 깊어질수록 바람은 더욱더 차갑고 매서워졌다. 한밤중이 되면서부터는 얼음처럼 차가운 눈이 내리기 시작했다. 이런 날 밤에는 사냥을 하기가 좋지 않았지만, 스프링필드의 늙은 여우는 개의치 않고 밖으로 나왔다.

녀석은 바람을 가르며 늪지로 갔다가, 마침 바람이 불어오는 쪽에서 잠자고 있던 솜꼬리토끼들의 냄새를 맡게 되었다. 여우는 토끼들이 웅크려 자고 있는 덤불 쪽으로 살금살금 다가갔다.

진눈깨비가 내리는 데다 바람 소리까지 거센 탓에 몰리는 여우가 아주 가까이 다가오고 나서야 희미한 발소리를 듣게 되었다. 몰리는 래기러그의 수염을 슬쩍 건드렸다. 둘이서 눈을 번쩍 뜬 순간, 여우가 곧바로 뛰어들었다.

토끼들은 언제나 뛸 준비를 한 채로 잠을 잤다. 몰리는 눈보라를 뚫고 쏜살같이 달아났다. 여우는 마치 경주라도 하듯이 잽싸게 뒤를 쫓았다. 그사이에 래기러그는 다른 방향으로 뛰어 달아났다.

몰리에게는 단 한 길밖에는 없었다. 바람을 맞으며 똑바로 뛰는 것이었다. 그러다 여우를 따돌리기 위해 얼지 않은 진흙탕을 뛰어넘어 개울가에 이르렀다. 뒤를 돌아볼 겨를도 없이 무작정 앞으로 갈 수밖에 없었다.

철퍽, 철퍽! 몰리는 잡풀을 헤치고 깊은 물속으로 뛰어들었다. 여우도 뛰어들려고는 했지만, 이런 밤중에 물에 뛰어드는 것은 그리 쉬운 일이 아니었다. 별수 없이 입맛을 다시며 되돌아섰다. 몰리는 오직 한 곳만을 보면서 갈대를 헤치고 개울 한가운데를 지나고 있었다. 건너편 기슭으로 가기 위해 사투를 벌이는 중이었다.

하필이면 그때 매서운 바람이 마주 불어왔다. 얼음장같이 차가운 물결이 헤엄을 치는 몰리의 머리 쪽으로 몰아쳤다. 마치 살얼음이 언 진흙덩이처럼 눈앞을 턱 가로막았다. 가도 가도 건너편 기슭은 아득하기만 했다. 어쩌면 여우가 그곳에 미리 와 기다리고 있을지도 몰랐다.

몰리는 바람을 피하기 위해 귀를 뒤로 눕히고는 온 힘을 다해 앞으로 나아갔다. 그리하여 마침내 떠다니는 눈덩어리를 뚫고 건너편 갈대밭에 거의 다다랐다. 그런데 둑 쪽에서 불어오는 바람결에 여우 소리 비슷한 것이 실려 왔다. 순간, 몰리는 온몸에 힘이 쭉 빠졌다. 그 바람에 물위에 떠다니는 장애물에 떠밀려 멀리멀리 떠내려가고 말았다.

다시 한 번 기운을 내서 헤엄을 쳐 보았지만, 좀처럼 속도가

어미 토끼 몰리가 여우에게 쫓기다가 차디찬 개울로 뛰어들고 있다.

나지 않았다. 얼마 후 갈대밭에 닿았을 때는 팔다리의 감각이 아예 없어지고 몸에 힘이 하나도 남아 있지 않았다.

작지만 용감했던 심장은 이제 한없이 미약해져서 여우가 있든지 말든지 더 이상 신경을 쓸 여유가 없게 되었다. 몰리는 갈대를 헤치면서 힘겹게 앞으로 나아갔다. 그러다 잡초를 만나면 힘없이 비틀거리며 걸음이 느려졌다.

기운을 소진할 대로 소진한 몰리는 육지 쪽으로 한 발짝도 더 내딛지 못했다. 몸이 꽁꽁 얼어붙어서 저절로 멈춰 서 버렸다. 잠시 후, 팔다리가 더 이상 움직이지 않았다. 솜꼬리토끼의 부드러운 코끝도 움찔거리지 않았다.

잠시 후, 연한 갈색의 두 눈은 죽음을 맞아 서서히 감겼다. 다행이라고 해야 할까? 그곳에는 몰리를 잡아먹으려고 굶주린 이빨을 드러낸 채 기다리는 여우는 없었다.

한편, 적의 첫 번째 기습에서 빠져나와 가까스로 정신을 차린 래기러그는 방향을 틀어 어미 토끼를 구하러 갔다. 얼마 후 늙은 여우가 몰리를 찾아 개울 주변에서 서성이는 것을 발견했다. 래기러그는 그 여우의 머리에다 철조망 세례를 가하고는 개울가로 와서 어미 토끼의 발자국을 찾아보았다. 바닥을 쿵쿵 쳐 보기도 했지만, 모든 게 헛일이었다.

래기러그는 어미 토끼를 끝내 찾지 못했다. 어디로 갔는지도 알 수 없었다. 어미 토끼는 차디찬 개울의 얼음 팔에 안겨 영원

한 잠 속으로 빠져들었기 때문이다.

가엾은 솜꼬리토끼 몰리! 몰리는 진정한 영웅이었다. 스스로 영웅이라 생각해 본 적은 단 한 번도 없었지만, 자신의 삶에 최선을 다했던 수많은 영웅 가운데 하나가 분명했다. 삶이란 전쟁터에서 몰리가 보여 준 전투는 아주 훌륭했다. 몰리는 비록 숲을 떠났지만, 그 바탕은 결코 사라지지 않을 것이다. 아들의 몸에 고스란히 살아남아, 우수한 자질을 종족 대대로 물려줄 테니까.

래기러그는 아직도 이 습지에 살고 있다. 올리펀트 영감은 그해 겨울에 세상을 떠났는데, 부지런하지 못한 자식들은 늪을 정리하거나 철조망을 보수하는 일을 하지 않았다.

불과 일 년도 못 돼서 습지는 다시 야생의 모습을 띠게 되었다. 잡목과 잡초들이 우거진 데다 철조망이 아무렇게나 널브러져 있어, 사냥개나 여우가 습격하기 힘들게 만들었다. 그 덕분에 솜꼬리토끼의 성이자 최후의 도피처가 되었다.

래기러그는 이제 건장한 수토끼가 되었다. 그 어떤 적도 겁내지 않았다. 그사이에 예쁜 신부를 맞아 많은 식구까지 거느리게 되었다. 그곳에서 래기러그 부부와 새끼들, 그리고 또 그 새끼들의 새끼들은 틀림없이 오랫동안 번성할 것이다.

여러분이 그들의 통신법을 알게 된다면, 햇볕 따뜻한 오후에 언제 어디서든 그들을 만날 수 있으리라.

나의 영원한 친구, 사냥개 빙고

울타리를 뛰어넘는 프랭클린의 강아지

그 이름은 빙고

프랭클린의 아내가 빚은 술은

세상에서 하나뿐인 달달한 맛이고

지금 이 노래는

아이들이 오래오래 부르고

1882년 11월 초, 매니토바에서는 겨울이 막 시작되었다. 나는 아침 식사를 마친 뒤 의자에 비스듬히 기대앉아 게으름을 피우며, 우리 오두막 창 너머의 풍경을 멀거니 바라보고 있었다. 창 너머로 들판의 한 자락과 외양간의 귀퉁이, 그리고 통나무 위에 핀으로 꽂혀 있는 〈프랭클린의 강아지〉라는 동요의 몇 구절이 바라다보였다.

이러한 풍경이 자아내는 꿈결 같은 평온함은 들판을 가로질러 외양간으로 돌진하는 잿빛 동물과 그 뒤를 쫓는 좀 더 작은 점박이 동물의 등장으로 훅 날아가 버렸다.

"늑대다!"

나는 이렇게 소리친 뒤 총을 집어 들고 밖으로 뛰어나갔다. 그러나 내가 도착하기도 전에 늑대와 개는 이미 외양간을 빠져나가고 없었다. 눈길로 몇 발짝 더 뛰어간 늑대는 궁지에 몰려 어찌할 바를 모르고 있었다. 이웃집 개 콜리는 녀석을 물 기회를 엿보며 빙글빙글 돌았다.

나는 멀리서 총을 두 발 쏘았다. 하지만 녀석들을 들판으로 달려가게 만들었을 뿐 별 효과는 없었다. 늑대를 따라잡은 개는 엉덩이를 물었다가, 녀석의 거센 반격을 받고 도리어 한발 물러났다. 얼마 뒤 맞붙어 싸우는가 싶더니, 이내 다시 눈 위의 추격전이 시작되었다.

이런 일은 몇백 미터마다 되풀이되었다. 늑대는 동쪽의 검은 숲 지대로 도망가려 했지만, 개가 번번이 녀석을 마을 쪽으로 모는 바람에 뜻대로 되지 않았다. 이런 싸움과 추격이 1.5킬로미터나 이어졌다. 나는 한참 만에야 녀석들을 따라잡았다. 든든한 후원자가 생겼다는 것을 알아차린 개는 이참에 아예 끝장을 내려고 늑대에게 필사적으로 달려들었다.

몇 초 지나지 않아서 늑대가 먼저 벌러덩 나자빠졌다. 콜리는 피를 철철 흘리면서도 녀석의 목을 끝까지 물고 늘어졌다. 나는 가까이 다가가 늑대의 머리에 총을 쏴 싸움을 끝냈다.

적이 죽은 것을 확인한 콜리는 뒤도 돌아보지 않고 성큼성큼 걸어서 주인의 농장으로 돌아갔다. 녀석은 농장에서 무려 6킬로미터 밖으로 나와 있었다. 집념이 대단한 개였다. 내가 따라가지 않았더라도 늑대를 혼자서 충분히 해치울 수 있었으리라. 사실, 녀석은 이미 늑대를 여러 번 물어 죽인 경험이 있었다. 늑대나 코요테보다 몸집이 훨씬 작은데도 불구하고.

콜리의 용맹스러움에 마음을 빼앗긴 나머지, 나는 비싼 값을 물더라도 꼭 손에 넣고 싶다는 욕심이 생겨서 당장 주인을 찾아 나섰다. 그 개의 주인은 이렇게 말하며 간단히 퇴짜를 놓았다.

"녀석의 새끼는 어떻소?"

콜리를 팔려는 생각이 전혀 없어 보였기에 그 개의 새끼를 사는 것으로 만족할 수밖에 없었다.

새끼는 수컷이었다. 털이 검고 몸매가 오동통해서 마치 공 같았다. 강아지라기보다는 꼬리가 긴 새끼 곰을 닮아 있었다. 그나마 콜리의 털가죽에 있는 것과 똑같은 황갈색 점들이 온몸에 박혀 있어서, 앞으로 콜리처럼 훌륭한 개로 성장하리라는 기대를 심어 주었다. 주둥이 언저리에 난 하얀 털도 콜리를 쏙 빼닮았다.

이제 녀석에게 이름을 지어 주는 일이 남아 있었다. 나는 약간 장난기 섞인 마음으로 녀석에게 동요 〈프랭클린의 강아지〉에 나오는 '빙고'를 이름으로 붙여 주었다.

빙고는 그해 겨울을 우리 오두막에서 보냈다. 먹을 것만 보면 사족을 못 쓰는 바람에 뚱뚱하고 굼뜬 강아지로 자랐다. 쥐덫에 가까이 가서는 안 된다고 가르쳤는데도 기어이 코를 들이댄 적도 있었다.

또 헛간에서 고양이와 함께 잘 지내 보려고 했다가 도리어 오

해를 사는 바람에 만나기만 하면 으르렁대었다. 어릴 때부터 무엇이든 제 마음대로 하던 빙고가 잠자리를 오두막으로 옮기고 나서야 그 지겨운 싸움이 끝났다.

봄으로 접어들자, 나는 본격적으로 훈련을 시작했다. 초원에 풀어 놓은 우리 집 늙은 암소를 찾아서 데려오라는 명령을 알아듣기까지 나와 빙고 모두 엄청나게 고생을 했다.

일단 임무를 익히고 나자, 빙고는 그 일을 자못 좋아했다. 흡사 초원에 가서 소를 데려오라는 명령보다 더 즐거운 일은 없는 듯이 굴었다. 기쁨에 겨운 나머지, 크게 짖으며 공중으로 껑충 뛰어오르곤 했다.

그렇게 해서 목표물을 확인하고는 전속력으로 달려가 암소를 외양간으로 안전하게 몰아넣었다. 숨이 턱까지 차오른 암소가 제아무리 헐떡거려도 임무를 완수할 때까지는 숨 돌릴 여유조차 주지 않았다.

녀석은 이 일을 꽤 만족스러워했다. 나중에는 명령을 내리지 않아도 하루에 두 번씩 암소를 외양간으로 데리고 왔다. 그때까지만 해도 우리는 녀석의 행동을 지켜보기만 했다. 그러자 이 지칠 줄 모르는 목동은 하루에 한두 번이 아니라 십여 차례씩 소를 외양간으로 몰고 왔다.

이제 녀석은 잠깐이라도 짬이 생기면 이 일을 떠올리는 듯했다. 마치 경주라도 하는 듯이 빠르게 초원으로 달려가, 불만에

찬 암소를 앞세우고 다시 전속력으로 달려 몇 분 만에 돌아왔다.

처음에는 녀석의 행동이 그리 나빠 보이지 않았다. 소가 너무 멀리 가지 않도록 잘 관리해 주었으니까. 그러나 암소는 그것 때문에 식욕이 자꾸 떨어지는 것 같았다. 점점 말라 가더니 젖도 덜 나왔다. 정신적으로도 문제가 있어 보였다. 암소는 안절부절못하며 넌더리가 나는 듯한 눈길로 빙고를 바라보았다. 녀석에게 쫓겨 다니는 일이 지긋지긋했던 모양이었다.

우리는 빙고의 소몰이를 진정시켜 보려고 애를 썼다. 하지만 모두 실패하고 말았다. 급기야 그 일을 완전히 금지시켜 버렸다. 그 후로 녀석은 차마 외양간으로 들어가지는 못하고, 젖을 짜고 있는 동안 문 앞에 우두커니 앉아 있었다.

여름이 되자 모기떼가 들끓었다. 암소는 젖을 짜는 동안에도 모기를 쫓느라 연신 꼬리를 흔들어 댔다. 젖을 짤 때는 그것이 모기보다 더 성가셨다.

젖 짜는 일을 맡고 있는 프레드 형은 참을성이 별로 없었다. 하지만 발명에는 남다른 재주가 있었다. 곧 소가 꼬리 흔드는 걸 멈추게 할 묘안을 짜냈다. 소의 꼬리에 벽돌을 매달고는 태평한 얼굴로 작업을 하기 시작했다. 하지만 나는 조마조마한 마음으로 그 광경을 지켜보았다.

이윽고 모기떼가 날아들자, 홱 하고 뭔가가 부딪치는 소리에 이어 비명 소리가 울려 퍼졌다. 소가 벽돌을 매단 채 꼬리를 흔드는 바람에 프레드 형이 귀를 맞은 것이었다.

그러고도 이 어리석은 소는 아무렇지도 않은 듯이 되새김질을 하기 바빴다. 화가 머리끝까지 치민 프레드 형은 자리에서 벌떡 일어서더니 의자로 암소를 힘껏 내리쳤다.

그러자 옆에서 지켜보고 있던 사람들이 껄껄대고 웃기 시작했다. 그 바람에 상황이 더 악화되고 말았다. 이 요란한 소리를 자신이 필요하다는 말로 착각한 빙고가 쏜살같이 암소에게 달려들어 물어뜯은 것이었다. 들통과 의자가 넘어지고 암소와 개가 흠씬 두들겨 맞고 나서야 상황이 마무리되었다.

불쌍하게도 빙고는 왜 이런 상황이 벌어졌는지 전혀 이해하지 못했다. 녀석은 오래전부터 암소를 탐탁지 않게 여겼다. 이제는 넌덜머리가 났는지, 외양간 근처에는 얼씬도 하지 않았다. 대신에 말이 있는 마구간에만 붙어 살았다.

암소는 내 것이었고, 말은 형의 것이었다. 그래서 빙고의 관심이 외양간에서 마구간으로 옮겨 간 후로는 왠지 나까지 버림을 받은 것 같은 기분이 들었다. 실제로 녀석과 나는 얼마간 소원하게 지냈다. 그러나 급한 일이 생기면 어김없이 나에게 돌아왔다. 나 역시도 빙고에게 부탁을 했다. 우리의 유대는 이렇게 평생토록 지속될 것처럼 보였다.

빙고가 다시 소몰이를 하게 된 것은 해마다 가을에 열리는 카베리 축제에서였다. 가축을 가장 훌륭하게 모는 개에게는 '최고

로 잘 훈련된 콜리'라는 명예와 함께 2달러의 상금이 걸려 있었다. 나는 친구의 부추김에 떠밀려서 빙고를 대회에 출전시키는 실수를 저질렀다.

대회가 열리는 날 아침, 나는 암소를 몰고 마을 밖 초원으로 갔다. 정해진 시간이 되자 빙고에게 소를 몰고 오라는 명령을 내렸다. 물론 그것은 어디까지나 심판관이 보는 앞에서 암소를 내게 데려오라는 뜻이었다. 그러나 녀석은 지나치게 앞서갔다.

여름 내내 연습한 것이 헛일이 아니었다. 빙고가 달리는 모습을 본 암소는 외양간으로 재빨리 돌아가야 한다고 생각했다. 빙고 역시 자신의 임무가 암소를 외양간으로 빠르게 몰고 가는 것이라고 여겼다. 그래서 녀석들은 3킬로미터나 떨어져 있는 우리 오두막을 향해 미친 듯이 뛰어가다가 그대로 시야에서 사라졌다. 결국 상은 다른 개가 차지했다.

빙고는 말을 지키는 일도 훌륭하게 해냈다. 낮에는 말 옆에 붙어 다니다가 밤에는 마구간 문 옆에서 잠을 잤다. 말이 가는 곳이라면 어디든 따라다녔다. 녀석을 말에게서 떨어뜨리는 것은 거의 불가능해 보였다. 심지어 말의 주인이라도 되는 듯이 굴었다.

나는 미신을 좋아하지 않는다. 예언이나 징조 따위는 더더욱 믿지 않는다. 하지만 빙고가 중심이 되어 벌어진 그 이상한 사건은 미신을 믿지 않는 내게 깊은 인상을 남겼다. 그 당시 드 윈튼 농장에는 형과 나, 이렇게 둘만 살고 있었다.

어느 날 아침, 형은 건초를 구하러 보기 시냇가로 떠났다. 그곳은 갔다 오는 데만 꼬박 하루가 걸리는 곳이었기에 아침 일찍 서둘러 출발했다.

그런데 이상하게도 빙고가 따라나서지 않았다. 생전 처음 있는 일이었다. 형이 부르는데도 멀찌감치 떨어져서 곁눈질만 할 뿐 눈도 맞추지 않은 채 꼼짝 않고 있었다.

그러다 갑자기 녀석은 코를 공중으로 쳐들고 우울한 소리로 울부짖었다. 마차가 멀어지는 것을 바라보다가 100미터쯤 따라가기도 했고, 이따금 목소리를 높여 아주 서글픈 울음소리를 내기도 했다.

빙고는 하루 종일 마구간 주위에 머물렀다. 녀석이 말에게서 스스로 떨어져 있었던 것은 그때가 처음이자 마지막이었다. 이따금씩 들려오는 녀석의 울부짖음은 마치 장송곡처럼 구슬프게 들렸다. 왠지 녀석의 그런 행동에서 뭔가 무시무시한 일이 벌어질 것 같은 예감을 느꼈다. 시간이 흐를수록 마음이 더욱더 무거워졌다.

6시쯤 되었을 때는 빙고의 울음소리를 도저히 참을 수 없게 되었다. 나는 녀석에게 물건을 던지며 멀리 가 버리라고 소리쳤다. 오, 그 순간 무시무시한 느낌이 나를 급격히 사로잡았다. 형을 홀로 떠나게 내버려 두다니! 혹시 형에게 무슨 일이 생기는 건 아닐까? 빙고의 행동을 보면서 뭔가 무시무시한 일이 일어나리라는 낌새를 알아차렸어야 했는데…….

얼마 후, 형이 도착할 시각이 되었다. 이윽고 말에 짐을 싣고 오는 형의 모습이 보였다. 그제야 나는 한시름을 놓은 채, 짐짓 태연한 척하며 형에게 괜찮느냐고 물었다.

"응."

형의 대답은 아주 간단했다.

그 일이 있은 후, 이상한 징조 따위는 애초부터 없었다고 믿게 되었다. 그러고 나서 세월이 한참 흐른 뒤, 나는 우연히 만난 점쟁이에게 그 이야기를 들려주었다. 그 사람은 심각한 얼굴로 내게 물었다.

"무슨 일이 생길 때마다 빙고가 항상 당신 곁으로 오지 않았습니까?"

"네, 그랬어요."

"그렇다면 웃어넘길 일이 아닙니다. 그날 위험에 처했던 사람은 형이 아니라 바로 당신이었으니까요. 그러니까 그 개가 집에 남아서 당신의 생명을 지킨 것입니다. 당신이 미처 깨닫지 못했을 뿐이지요."

이듬해 봄이 되자, 나는 다시 빙고에게 훈련을 시키기 시작했다. 그런데 얼마 안 있어 빙고가 되레 나를 가르치기 시작했다.

우리 오두막과 카베리 마을 사이에는 3킬로미터가량 되는 초원이 있었고, 그 중간에는 농장의 경계를 나타내는 말뚝이 세워져 있었다. 야트막하게 흙을 돋운 다음, 그 위에 튼튼한 말뚝을 세워 두었는데 멀리서도 아주 잘 보였다.

어느 날, 나는 빙고가 그 말뚝 근처에만 가면 뭔가를 꼼꼼히 살핀다는 것을 알아챘다. 나중에는 주변의 개들뿐 아니라 코요테까지 그 말뚝 앞으로 모여들었다. 나는 망원경으로 그들이 왜 그 말뚝을 찾는지 살펴보았다.

그 말뚝은 개를 비롯한 여러 동물들이 합의한 일종의 등록소 같은 것이었다. 그들은 예민한 후각으로 말뚝에 남겨진 흔적을 통해 어떤 동물이 다녀갔는지를 알아내었다. 눈이 오면서 더 많은 것들이 밝혀졌다.

나는 곧 그 말뚝이 그 지역 전체에 퍼져 있는 수많은 등록소들 가운데 하나라는 사실을 알아냈다. 즉 이런 등록소들이 일정한 간격을 두고 곳곳에 퍼져 있었던 것이다. 눈에 잘 띄는 것이라면 무엇이든 등록소가 될 수 있었다. 말뚝이나 돌, 물소의 두개골……. 나는 곧 그것이 소식을 주고받기에 매우 유용한 체계라는 걸 알아차렸다.

개와 늑대들은 최근에 누가 다녀갔는지를 알기 위해 가까운 등록소에 들르곤 했다. 그것은 마치 사람들이 외출했다가 마을로 돌아오는 길에 클럽에 들러 예약 상황을 확인하는 것과 비슷한 일이었다.

나는 빙고가 그 말뚝에 다가가서 코로 킁킁 냄새를 맡으며 주변을 살피는 걸 본 적이 있었다. 그런데 그때 갑자기 으르렁거리면서 털을 바짝 곤두세운 채 이글거리는 눈빛으로 바닥을 뒷발로 맹렬하게 긁어 댔다.

이따금 뒤를 돌아다보면서 분을 이기지 못한 듯 식식거리기도 했다. 그 모습은 마치 이렇게 말하는 것 같았다.

"그르릉! 이 늑대 녀석! 이 비열

한 놈! 오늘 밤엔 내가 널 상대해 주겠다!"

어떤 때는 그곳에 왔다 간 코요테의 발자국을 세심하게 살폈다. 그러고는 이렇게 중얼거리는 듯했다.

"북쪽에서 온 코요테 발자국에서 죽은 소 냄새가 나는데? 흠, 폴워스 씨네 얼룩이가 죽은 게 분명해. 아무래도 조사에 착수해 봐야겠는걸."

어떤 때는 꼬리를 흔들며 주변을 빠르게 맴돌았다. 자기가 왔다 간 것을 알리려고 근처를 한참 동안 오락가락할 때도 있었다. 아마도 얼마 전에 브랜든에서 돌아온 제 형 빌 때문이 아닌가 싶었다.

어느 날 밤에 빌이 빙고를 찾아와 언덕으로 데려가더니 사이좋게 죽은 말고기를 나눠 먹었다. 재회를 자축하기라도 하듯이.

그런가 하면 새로운 소식 중에 흥분할 만한 게 있었는지, 다음 등록소까지 단박에 달려가기도 했다. 어떤 때는 조사를 마친 뒤 진지한 표정으로 혼잣말을 중얼거렸다.

"이게 누구 냄새지? 아무래도 지난여름에 포타지에서 만난 녀석 같은데?"

어느 날 아침에는 빙고가 말뚝 옆에서 털을 곤두세운 채 꼬리를 내리고 벌벌 떨고 있었다. 그리고 갑자기 배가 아픈 것처럼 굴었다. 녀석이 겁에 질려 있는 게 틀림없었다.

그러다 더 이상 알고 싶은 게 없다는 듯한 태도로 집에 돌아왔다. 녀석의 털은 계속 바짝 곤두서 있었다. 녀석이 뭔가를 증오하거나 두려워하고 있다는 표시가 분명했다. 나는 빙고가 두려워한 흔적을 찬찬히 살피고 나서야 '삼림이리' 때문이라는 걸 알게 되었다.

이것은 빙고가 나에게 가르쳐 준 것들 가운데 지극히 일부였다. 그 후로 나는 녀석이 외양간 문 옆의 얼음장같이 차가운 보금자리에서 일어나 몸을 쭉 편 다음, 북실북실한 털가죽에 쌓인 눈을 흔들어 털어 내고는 종종걸음으로 어둠 속으로 사라지는 것을 보면서 이렇게 생각했다.

'이 녀석아! 이제 난 네가 어디로 가는지 다 알지. 오두막의 보금자리를 왜 피하는지도 알아. 네가 왜 밤마다 시간 맞춰 마을을 돌아다니는지도……. 나는 네가 무슨 짓을 하고 다니는지 다 안다고.'

1884년 가을에 드 윈튼 농장의 오두막이 철거되었다. 빙고는 우리와 가깝게 지내 온 고든 영감의 마구간으로 거처를 옮겼다.

빙고는 강아지 때부터 폭풍우가 몰아치는 경우가 아니면 집 안으로 들어오지 않았다. 녀석은 천둥소리와 총소리를 몹시 무서워했다. 천둥소리를 무서워하는 건 아마도 총소리 때문인 듯했다. 총과 관련된 녀석의 좋지 않은 경험에서 비롯된 게 틀림없었다.

녀석의 잠자리는 마구간 밖에 있었는데, 아주 추운 겨울에도 언제나 그 자리였다. 밤에 마음껏 돌아다닐 수 있는 자유를 즐기기 위해서라는 것은 두말할 나위가 없었다.

빙고는 밤마다 들판을 쏘다녔다. 증거는 얼마든지 널렸다. 꽤 먼 곳에 사는 농부가 고든 영감에게 밤에 개를 묶어 두지 않는다면 엽총으로 쏘아 버리겠다고 으르기도 했다. 빙고가 총에 대해 공포심을 가지는 걸 보면, 그것이 단순히 협박에 그치지 않았다는 걸 짐작할 수 있다.

아주 먼 곳에 사는 남자가 어느 겨울날 밤에 크고 검은 늑대가 눈밭에서 코요테를 죽이는 것을 직접 보았다고 떠들어 댔다. 그러다 나중에 말을 슬그머니 바꿨다.

"곰곰이 생각해 보니까, 늑대가 아니라 고든 영감네 개였던 것 같아요."

얼어 죽은 소나 말의 시체가 들판에 버려질 때면, 빙고는 밤마다 그곳으로 가서 늑대들을 몰아내고 혼자서 포식을 했다. 때로는 녀석의 이러한 습격이 이웃 집 개에게 상처를 입히기도 했다.

녀석의 대가 끊길지도 모른다는 우려도 할 필요가 없었다. 어느 날, 어떤 사람이 새끼 세 마리를 거느린 코요테를 보았다고 했다. 덩치가 크고 검은 데다 주둥이 주위에 흰 줄이 나 있는 것을 빼고는 제 어미를 꼭 빼닮았다고 떠벌렸다.

한번은 사실인지 아닌지 나도 헷갈리는 일을 경험했다. 3월 말에 빙고를 데리고 썰매를 탄 적이 있었는데, 그때 갑자기 코요테 한 마리가 굴속에서 튀어나왔다. 빙고는 전속력으로 그 코요테를 쫓아갔다. 그런데 코요테가 도망가려고 그다지 애를 쓰는 것 같지가 않았다.

결국 얼마 못 가서 빙고에게 따라잡히고 말았다. 그런데 어찌 된 일인지 그 둘 사이에 싸움이 벌어지지 않았다. 빙고는 다정하

게 붙어서 걸으며 녀석의 코까지 핥아 주었다.

우리는 깜짝 놀라서 큰 소리로 빙고를 다그쳤다. 그러자 코요테가 재빨리 달아나 버렸다. 빙고가 곧바로 그 녀석을 추적해서 따라잡았다. 그런데 왠지 빙고가 그 코요테에게 친근감을 가지고 있는 것처럼 보였다.

그걸 보고서 나는 이렇게 소리쳤다.

"저건 암컷이에요. 빙고에게 해칠 마음이 없는 것 같은데요?"

그러자 고든 영감이 대꾸했다.

"아이고, 젠장! 이게 무슨 일이야?"

우리는 곧 빙고를 부른 다음, 계속 썰매를 몰고 갔다.

그 후로 몇 주일 동안 코요테가 마을에 나타나 한바탕 소동을 일으켰다. 마당에 있던 병아리를 죽이고, 헛간에서 돼지고기를 훔쳤다. 몇 번인가는 어른이 없을 때 오두막 창문을 기웃거려서 아이들을 기겁하게 만들기도 했다.

빙고는 그 코요테에 대해 아무런 보호 장치가 되지 못했다. 나중에 그 암코요테는 올리버 영감의 손에 죽었다. 그때 빙고는 올리버 영감에게 노골적으로 적개심을 드러냈다.

사람과 개가 변치 않고 서로를 믿고 의지하는 모습은 가히 놀랍고도 아름다운 일이다. 언젠가 버틀러라는 사람이 북쪽에 사는 인디언 부족에 대해 적어 놓은 글을 본 적이 있다. 어떤 사람이 기르던 개가 이웃의 손에 죽게 되자, 그걸 빌미로 대판 싸움이 벌어져서 부족이 아예 전멸해 버렸다는 것이다.

사실 그런 일은 소송이나 싸움, 반목 등의 옷을 입고 우리 주변에서도 심심찮게 일어난다. 그런 일들이 생겼을 때 얻게 되는 교훈은 언제나 똑같다.

"나를 사랑한다면 나의 개에게도 사랑을 베풀어라."

이웃에 사는 올리버 영감에게 매우 훌륭한 사냥개가 있었다. 당연히 그 개에 대한 자부심이 대단했다. 나는 평소에 올리버 영감과 가까이 지냈던 까닭에 그 개에게도 남다른 애정을 갖고 있었다.

그런데 어느 날, 가엾게도 올리버 영감의 개 탠이 심각한 부상을 입고 집까지 기어와 문간에서 죽는 일이 벌어졌다. 나는 개의 처참한 몰골을 보고는 올리버 영감 못지않게 분노를 느꼈다. 그래서 그 흉악한 녀석을 추적하기 위해 직접 현상금을 걸고 증거를 모으기로 했다.

개의 냄새를 쫓아 남쪽으로 갔던 세 사람 가운데 한 사람이 곧 증거를 가지고 돌아왔다. 바야흐로 탠을 살해한 비열한 놈을 단죄할 기회가 온 것이었다.

그런데 그때 그 늙은 사냥개가 죽은 것이 어쩌면 차라리 잘된 일인지도 모른다고 생각하게 만드는 일이 벌어졌다. 우리 집 남쪽에 살고 있는 고든 영감의 아들이 나를 한켠으로 데리고 가더니 나직한 목소리로 속삭였다.

"빙고가 탠을 죽였어요."

순간, 모든 것이 끝나 버렸다. 나는 조금 전까지만 해도 그토록 절실히 찾던 정의를 애써 외면하기 시작했다. 이미 오래전에 빙고를 다른 사람에게 보냈지만, 내가 녀석의 진짜 주인이라는 생각이 여전히 바뀌지 않았기 때문이다.

고든 영감과 올리버 영감은 아주 가까운 친구 사이였다. 그들은 함께 나무를 하기로 약속하고 해가 기울 때까지 사이좋게 일했다.

그런데 그 무렵 올리버 영감네 늙은 말이 죽어 버렸다. 올리버 영감은 그 말을 이용해 늑대를 죽일 계획을 세우고선 시체를 들판으로 끌고 나가 버려 둔 채 주변에다 독을 뿌려 놓았다.

오, 불쌍한 빙고! 녀석은 늑대처럼 살다가 몇 번이고 위험한 일을 겪고도 그 버릇을 고치지 못했다. 게다가 그 어떤 야생 동물보다 말고기를 좋아했다.

바로 그날 밤, 빙고는 올리버 영감네 개 컬리와 함께 말의 시체가 있는 곳으로 갔다. 다행인지 불행인지, 빙고는 늑대들이 접근하지 못하도록 경계하느라 바빠서 정작 말고기에 입을 대지 못했다. 하지만 컬리는 그동안을 참지 못하고 혼자서 그 진수성찬을 즐긴 모양이었다.

눈 위에 찍힌 발자국들이 그날 밤의 잔치를 생생하게 보여 주

빙고가 늑대를 쫓는 사이, 컬리 혼자서 독이 든 말고기를 먹어 치우고 있다.

었다. 독의 효과가 나타나기 시작하자, 컬리는 엄청난 고통을 느끼며 발작을 일으켰다. 결국 휘청거리는 발자취를 남긴 채 집으로 돌아와 고든 영감 앞에서 경련을 일으키며 엄청난 고통 속에서 죽어 갔다.

그 일이 있고 나서, 고든 영감과 올리버 영감의 사이는 순식간에 틀어져 버렸다. 같이하던 벌목 작업은 중단되었고, 우정에는 빠지직 금이 갔다. 컬리의 안타까운 죽음으로 빚어진 적대 관계는 지금까지도 변화가 없다.

빙고의 몸에서 독 기운이 완전히 빠지는 데는 여러 달이 걸렸다. 다시는 예전의 강인한 모습으로 돌아가지 못할 줄 알았다. 다행히 봄이 되자 서서히 기운을 차리기 시작했다. 풀빛이 푸릇푸릇해지면서 더욱더 좋아지더니, 몇 주 지나지 않아 건강을 완전히 되찾았다. 몇 주 뒤, 빙고는 뭇 개들의 자랑이자 늑대나 코요테의 골칫거리가 되었다.

나는 사업차 매니토바 주를 두 해가량 떠나 있다가 1886년에 돌아왔다. 빙고는 여전히 고든 영감네 집에 살고 있었다. 그사이에 녀석이 나를 잊어버렸을 거라고 생각했지만 그것은 어디까지나 기우였다.

초겨울의 어느 날이었다. 녀석은 이틀 동안이나 길을 잃고 헤매다 한쪽 발이 늑대 덫에 걸린 채 고든 영감네 집으로 돌아왔다. 덫에는 무거운 나무 걸쇠가 매달려 있는 데다, 발은 얼음덩어리처럼 딱딱하게 굳어 있었다.

녀석이 어찌나 사납게 구는지 아무도 가까이 다가갈 엄두를 내지 못했다. 나는 녀석이 내 얼굴을 이미 잊었을 거라고 생각하면서도 몸을 굽히고 한 손으로는 덫을, 다른 손으로는 녀석의 발을 붙들었다.

순간, 녀석의 이빨이 내 손목을 꽉 물었다.

나는 빙고를 똑바로 바라보며 말했다.

"빙고, 내가 누군지 알지?"

덫을 제거하는 동안 자못 낑낑거리기는 했지만, 녀석은 내 손목을 물고 있던 이빨을 거두고 더 이상 저항하지 않았다. 아직도 나를 주인으로 여기고 있었던 것이다. 비록 녀석의 거주지가 바뀌고, 내가 오랫동안 이곳을 떠나 있었으며, 소유권을 다른 사람에게 넘겼지만 빙고가 나의 개라는 사실은 바뀌지 않았다.

이윽고 빙고를 집 안으로 옮긴 후 언 다리를 녹여 주었다. 겨우내 녀석은 다리를 절뚝거리며 다녔는데, 발가락 두 개는 결국 떨어져 나가고 말았다. 그러나 따뜻한 봄이 오기도 전에, 강철 덫에 걸렸던 끔찍한 기억을 말끔히 떨쳐 내고 기운을 완전히 회복했다.

그해 겨울에 나는 늑대와 여우를 참 많이 잡았다. 녀석들에게는 빙고와 같은 운이 작용하지 않았던지 끝내 덫에서 빠져나오지 못했다. 그래서 봄이 온 뒤에도 덫을 치우지 않았다. 털가죽의 상태가 썩 좋은 건 아니었지만 보상금이 꽤 쏠쏠했기 때문이다.

케네디 평원은 덫을 놓기에 더없이 좋았다. 인적이 드문 데다 울창한 숲과 마을 사이에 있었기 때문이다. 내게 무수히 많은 털가죽을 안겨다 준 행운의 장소였다.

4월이 끝나 갈 무렵의 어느 날, 나는 늘 하던 대로 말을 타고 주변을 둘러보러 나갔다. 강철로 만든 늑대 덫에는 50킬로그램이나 되는 용수철이 두 개씩 달려 있었다. 나는 미끼를 묻은 다음 그 주위에 덫을 네 개씩 설치했다. 덫에다 통나무를 단단하게 고정하고는, 눈에 띄지 않도록 고운 모래로 잘 덮어 두었다.

코요테 한 마리가 제일 먼저 걸려들었다. 나는 녀석을 곤봉으로 때려 죽인 다음 옆으로 밀쳐놓은 뒤 계속해서 덫을 놓기 시작했다. 그리고 스패너를 조랑말이 있는 쪽에 던져 놓은 후, 근처에 있는 고운 모래를 한 줌 집어 들려고 손을 뻗었다.

아차, 이런 멍청이 같으니라고! 그 고운 모래는 바로 늑대 덫을 덮고 있었다. 곧바로 손이 덫에 물리고 말았다. 이빨이 달리지 않은 덫인 데다 손에 두꺼운 장갑을 끼고 있어서 부상을 입지는 않았지만, 손가락 관절을 덫이 강하게 물고 있었다.

오른쪽 발을 스패너 쪽으로 힘껏 뻗어 보았지만 도무지 닿지가 않았다. 이번에는 덫에 물린 쪽 팔을 움직이지 않으려고 노력하면서 아래쪽으로 발을 뻗어 보았다. 잘하면 스패너에 발가락이 닿을 수 있을 것 같기도 했다. 하지만 결국 실패로 돌아갔다.

발목을 천천히 돌려 보았지만 그것 역시 허사였다. 아픔을 참아 가며 찬찬히 살펴보니, 내 위치가 서쪽으로 약간 치우쳐 있었다.

나는 다시 발가락을 스패너 쪽으로 더듬더듬 뻗어 보았다. 그때 '찰칵' 하는 소리가 났다. 왼쪽 다리가 강철 덫에 걸려 버렸다. 오른쪽 발로 더듬거리는 일에 열중하다가 그만 왼발을 소홀히 하고 말았던 것이다.

처음에는 이런 상황이 그다지 두렵지 않았다. 하지만 곧 덫에서 빠져나올 수 없다는 사실을 알아차렸다. 덫과 함께 움직일 수도 없어서, 온몸을 쭉 뻗고 바닥에 드러누운 채 말뚝에 매여 있어야 했다.

이제 어떻게 되는 걸까? 추운 겨울이 지나갔기 때문에 얼어 죽을 것 같지는 않았다. 그러나 케네디 평원은 겨울 나무꾼들을 제외하고는 사람들이 거의 찾지 않는 곳이었다. 게다가 내가 이곳으로 온 것을 아는 사람은 아무도 없었다. 나 스스로의 힘으로 덫에서 빠져나가지 않는 한, 늑대에게 잡아먹히거나 굶어 죽게 될 것이 뻔했다.

이윽고 가문비나무가 우거진 습지로 붉은 해가 저물고 있었다. 내가 누워 있는 곳에서 몇 미터 떨어지지 않은 곳에 땅다람쥐의 보금자리가 있었는데, 종달새가 그 위에 앉아 노래를 종알거렸다.

팔이 금세라도 마비될 듯이 저려 오고, 몸서리쳐질 정도의 한기가 온몸을 휘감았다. 나는 종달새의 옆머리에 난 깃털로 관심을 돌려 보려 애썼다.

이어서 고든 영감네 오두막에서의 기분 좋았던 저녁 식사가 머릿속에 떠올랐다. 아마도 지금쯤 저녁 식사 때 먹을 돼지고기를 굽고 있거나, 이제 막 식탁 앞에 다 같이 모여 앉았을지도 모르겠다는 생각이 들었다.

조랑말은 그 자리에 가만히 서 있었다. 내가 굴레를 바닥에 내려놓았기 때문에 녀석은 나를 집으로 데려가려고 참을성 있게 기다리고 있는 중이었다. 집으로 가는 일이 왜 이렇게 지체되는지 이해하지 못하는 조랑말은 내가 부르자 풀을 뜯다가 그저 멀거니 바라보기만 했다.

조랑말에게는 아무런 기대도 할 수 없었다. 만약 조랑말 혼자 집에 가게 할 수만 있다면, 사람들은 빈 안장을 보고 내게 무슨 일이 생겼다는 걸 알아차릴 터였다. 그러나 녀석의 지나친 충성심 덕택에 나는 몇 시간이고 추위와 배고픔에 시달릴 수밖에 없었다.

문득, 자신이 숨겨 놓은 덫의 위치를 깜빡했던 기로 영감이 그 다음 해 봄에 곰 덫을 다리에 매난 채 해골로 발견되었던 일이 떠올랐다. 늑대가 덫에 걸렸을 때의 기분이 이렇겠지? 오, 이 모든 게 다 내 탓이다! 이제 그 대가를 치르는 것이다.

밤은 천천히 찾아왔다. 코요테가 울부짖는 소리가 들려오자, 조랑말이 귀를 쫑긋 세우고 내게로 다가와 머리를 수그렸다. 잠시 후 다른 코요테의 울음소리가 들렸다. 그리고 또 다른 코요테의 울음소리가……. 아마도 코요테들이 내 주위로 모여들고 있는 모양이었다.

나는 무기력하게 땅바닥에 드러누운 채 녀석들이 와서 갈가리 찢어 죽이지나 않을까 걱정했다. 녀석들의 울음소리는 한동안 계속되었다.

그러다 희미한 그림자 같은 것이 살금살금 다가오고 있는 것이 느껴졌다. 녀석들을 먼저 발견한 말이 공포에 질려 콧소리를 내자, 처음에는 두려움을 느끼고 멀찍이 도망을 가는 듯했다.

그러나 다음번에는 더 가까이 다가와서 내 주위로 둘러앉았다. 잠시 후, 그 가운데서 조금 용감한 녀석이 죽어 나자빠져 있는 자기의 친척을 입으로 물어 끌어당겼다. 내가 소리를 지르자 녀석이 뒤로 한 걸음 물러서서 으르렁거렸다. 그사이에 조랑말은 공포에 질려 멀리 달아나 버렸다.

조금 전의 그 코요테가 다시 다가왔다. 몇 차례 혼자서 실랑이를 벌이다가, 마침내 시체를 끌어당기는 데 성공했다. 그러자 나머지 녀석들이 달려들어 순식간에 시체를 먹어 치웠다.

시체를 다 먹어 치운 녀석들은 이번에는 좀 더 가까이 몰려와 엉덩이를 깔고 앉은 후 나를 지그시 바라보았다. 이번에도 가장 겁이 없는 녀석이 사냥총 냄새를 맡고는 그 위에 흙을 끼얹었다. 나는 덫에 걸리지 않은 다리로 발길질을 하며 소리를 질러 댔다. 녀석은 잠깐 뒤로 물러나는 듯하더니, 내가 힘을 쓸 수 없다는 걸 금방 알아차리고는 내 얼굴에다 대고 으르렁거리기 시작했다. 그러자 다른 녀석들이 덩달아 짖어 대면서 가까이 다가왔다.

내가 가장 무시했던 놈들에게 잡아먹히게 생긴 순간이었다. 그때 갑자기 어둠 속에서 크고 검은 늑대 한 마리가 으르렁거리며 뛰어나왔다. 코요테들은 순식간에 허섭스레기처럼 흩어졌다. 가장 용감한 녀석은 도망가지 않고 버텼지만, 눈 깜짝할 새에 검은 늑대에게 물려 시체가 되어 버렸다.

오, 이렇게 무시무시한 일이! 그 힘센 야수가 나를 향해 뛰어들었다. 그런데 자세히 보니, 놀랍게도 늑대가 아니라 빙고였다. 털북숭이 빙고는 헐떡거리며 옆구리를 내 몸에 비벼 대고는 꽁꽁 얼어붙은 얼굴을 혀로 핥아 주었다.

"빙고, 빙고, 착하지. 빙고야, 스패너 좀 가져다줘."

빙고는 총을 끌고 왔다. 녀석이 아는 것은 단지 내가 무언가를 간절히 원한다는 사실뿐이었다.

"빙고! 아니야, 스패너야."

이번에 가지고 온 것은 장식 띠였다. 나중에는 결국 스패너를 가지고 왔다. 그러고 나서는 꼬리를 흔들어 대며 좋아했다. 나는 자유롭게 움직일 수 있는 손으로 스패너를 잡은 다음 너트를 풀었다. 덫을 해체해 손이 풀려나자 자유를 얻는 건 금방이었다.

빙고가 곧 조랑말을 찾아왔다. 나는 피가 제대로 돌도록 하기 위해 일부러 한참을 걷다가 말에 올라탔다. 처음에는 말을 천천히 몰다가 서서히 속도를 올렸다. 빙고는 왕의 전령이라도 되는 양 큰 소리로 짖으며 앞장서 뛰어갔다.

나는 집으로 돌아온 후, 전날 밤에 있었던 일을 전해 듣게 되었다. 덫을 놓을 때 데리고 다닌 적이 없는데도, 이 용감한 개는 밤이 되자 이상한 행동을 보이기 시작했단다. 덫에 매달 통나무를 끌고 가느라 바닥에 생긴 자국들을 주의 깊게 살피며 연방 낑낑거렸다는 것이다. 그러다 밤이 깊어지자 사람들이 못 가게 막는데도 억지로 집을 나서서 사람보다 뛰어난 감각으로 때맞춰 나타나 나를 구해 주었다.

빙고는 참으로 이상한 개였다. 이렇듯 마음은 늘 나와 함께 있었는데도, 다음 날 길에서 우연히 마주쳤을 때는 아는 척도 하지 않았다. 그래 놓고선 고든 영감의 아들이 땅다람쥐 사냥을 가자고 부르자 재빨리 따라나섰다.

그것이 다였다. 녀석은 마지막까지 늑대 같은 생활을 버리지 않았다. 얼어 죽어 있는 말들을 한 번도 놓치는 법이 없었다. 그러다 결국 독을 뿌린 말을 발견하고 늑대처럼 허겁지겁 달려들어 먹는 실수를 범했다. 그때 죽을 만큼의 고통을 느낀 녀석이 찾아온 곳은 고든 영감의 오두막이 아니라 내가 사는 오두막이었다.

다음 날 집으로 돌아온 나는 현관 문턱에 머리를 둔 채 싸늘하게 죽어 있는 녀석을 발견했다. 녀석이 강아지였을 때 살던 외양간의 문이었다. 빙고는 마지막까지도 나의 개였다. 그 끔찍한 고통 속에서 죽어 가면서도 나의 도움을 간절히 원했던 것이다.

가슴 저미는 눈물, 어미 여우 빅슨

스프링필드의 고향집에서 암탉들이 한 달 넘게 감쪽같이 없어졌다. 그것은 여름 휴가차 이곳에 온 내게 떨어진 숙제 아닌 숙제가 되어 버렸다. 범인은 금방 밝혀졌다. 닭은 하루에 한 마리씩 없어졌고, 시간은 닭들이 닭장으로 가기 전이나 닭장에서 나온 직후였다. 한마디로, 떠돌이의 짓은 아니었다.

닭이 높은 횃대에 있을 때 잡혀간 게 아닌 걸로 보아 너구리나 부엉이의 짓도 아니었다. 잡아먹은 흔적을 남기지 않은 것으로 보면 족제비나 스컹크, 밍크의 짓도 아닌 게 분명했다. 따라서 범인은 단 하나, 여우밖에 없었다.

강 건너편 둑 쪽으로는 소나무가 우거진 에린데일 숲이 있었다. 그곳의 얕은 여울목 근처를 조사하다가, 여우 발자국과 닭의 줄무늬 깃털을 발견했다. 좀 더 확실한 증거를 잡기 위해 둑 위를 올라가고 있을 때, 등 뒤에서 까마귀들이 시끄럽게 울어 대는 소리가 들렸다.

뒤를 돌아보니, 까마귀 떼가 여울목에 있는 뭔가를 향해 빠르게 날아 내려가고 있었다. 자세히 살펴보니 그곳에서 우스꽝스런 장면이 펼쳐지고 있었다. 도둑이 도둑을 쫓고 있었던 것이다. 여우가 무엇인가를 입에 물고 여울 가운데로 뛰어가고 있었다. 우리 집 뒤뜰에서 또 닭을 훔쳐 온 모양이었다. 까마귀들은 파렴치한 날도둑들답게 "멈춰라, 이 도둑놈아."라고 외치며 훔친 것을 나누어 먹자고 수작을 부렸다.

바야흐로 녀석들 사이에 한판 승부가 벌어지려는 참이었다. 여우가 집으로 돌아가기 위해서는 강을 건너야 했다. 그러자면 까마귀 떼의 공격에 노출될 수밖에 없었다. 여우는 쏜살같이 달려 나갔다. 아마도 내게 기습을 당하지 않았더라면 강을 건너는데 성공했을 것이다. 그러나 갑작스런 나의 공격에 당황한 나머지, 녀석은 숨이 거의 끊어져 가는 암탉을 떨어뜨린 채 그대로 숲속으로 달아나 버렸다.

먹이를 매일같이 도둑질해 가는 것으로 봐서는, 여우의 보금자리에 새끼들이 있는 게 틀림없었다. 나는 즉시 녀석들을 찾아보기로 마음먹었다.

그날 저녁, 사냥개 레인저와 함께 에린데일 숲으로 갔다. 사냥개가 그 일대를 뒤지기 시작한 지 얼마 되지 않아, 숲이 우거진 골짜기 쪽에서 날카로운 여우 울음소리가 들려왔다. 레인저는 곳곳에 짙게 배어 있는 냄새를 쫓아 세차게 짖어 대며 추적을 하기 시작했다.

그러다 한 시간쯤 지났을까? 레인저가 8월의 뜨거운 날씨에 지쳐 숨을 헐떡거리며 돌아와 내 발밑에 엎드렸다. 그런데 그와 동시에 '캥, 캐앵' 하는 여우 울음소리가 가까이에서 들려왔다. 레인저는 벌떡 일어나 다시 추적을 했다.

레인저는 굵고 큰 소리로 짖으며 어둠 속을 뚫고 북쪽으로 똑바로 달려갔다. '부- 부-' 하던 큰 소리가 차차 '우- 우-' 하는 소리로 줄어들었다가 나중에는 아예 들리지도 않았다. 땅에 귀를 대 보아도 아무 소리가 나지 않았다. 녀석들이 아주 멀리로 간 모양이었다. 1, 2킬로미터 거리에서라면 레인저가 커렁커렁 짖는 소리를 너끈히 들을 수 있기 때문이었다.

컴컴해진 숲에서 레인저를 기다리고 있는데, 어디선가 물방울 떨어지는 소리가 귓속으로 파고들었다.

"똑-, 또옥-, 또독, 또도독, 똑-, 또옥-, 또독, 또도독."

이처럼 가까운 곳에 샘터가 있는 줄은 몰랐다. 아무튼 무더운 밤에 아주 기분 좋은 소리였다. 소리를 찬찬히 따라가자 참나무가 나왔다. 놀랍게도 그 옆에 샘이 있었다. 어찌나 감미로운 노랫소리인지! 그날 같은 여름밤에 딱 어울리는 노래였다.

똑 똑

똑 또독 또독 또독

똑 또독 똑 또독 똑 똑

샘물을 마시네. 샘물을 마시네

마치 올빼미가 부르는 물방울 노랫소리 같았다.

그때 갑자기 거친 숨소리와 함께 나뭇잎 흔들리는 소리가 들리며 레인저가 돌아왔다. 녀석은 지칠 대로 지쳐 있었다. 혀는 거의 땅에 닿을 정도로 늘어져 있었고, 입에서는 거품이 연방 흘러내렸다. 가쁜 숨을 내쉬느라 배가 들썩이는 데다, 가슴과 옆구리는 땀으로 범벅이 되어 있었다.

녀석은 헐떡거림을 잠시 멈추고 충성심을 표시하듯 내 손을 핥은 후 나뭇잎 위로 털썩 주저앉아 버렸다. 녀석의 숨소리가 어찌나 큰지 다른 소리는 아무것도 들리지 않았다.

그때 '캥, 캐앵' 하는 여우의 울음소리가 또다시 들려왔다. 그제야 나는 깨달았다. 새끼 여우가 있는 굴이 아주 가까이 있다는 걸……. 그 때문에 여우 부부가 우리를 멀리 쫓아내려고 교대로 나선 것이었다.

밤이 깊은 데다 궁금증이 해결된 거나 마찬가지여서, 나는 레인저와 함께 집으로 돌아왔다.

이 마을에 늙은 여우 부부가 살고 있다는 사실은 이미 널리 알려져 있었다. 하지만 이렇듯 마을 가까이에 있으리라고는 아무도 짐작하지 못했다.

이 늙은 여우는 '스카페이스'라는 이름으로 불렸다. 녀석의 귀 뒤에서부터 눈까지 상처가 크게 나 있어서였다. 토끼를 잡다가 철조망의 가시에 찢긴 게 틀림없었다. 상처가 아문 뒤로는 그 자리에 흰 털이 돋아나 어디서나 확 띄는 녀석의 특징이 되었다.

지난겨울에 이 여우를 만나게 되었는데, 얼마나 꾀쟁이인지 입이 쩍 벌어질 정도였다. 눈이 온 다음 날, 나는 사냥을 하려고 풀밭을 지나 물방앗간 뒤 땅이 움푹 파인 곳을 걷고 있었다. 우연히 머리를 들다가 저 멀리에서 여우 한 마리를 발견했다.

나는 일부러 여우의 눈에 띄지 않도록 걸음을 멈추고 녀석이 숲속으로 사라질 때까지 기다렸다. 이윽고 여우가 시야에서 사라졌다. 나는 녀석이 곧 모습을 드러낼 만한 지점으로 먼저 달려가 기다렸다. 하지만 여우는 한참 지나도 나타나지 않았다.

이상한 생각이 들어서 주변을 둘러보았다. 그러자 새로 생긴 여우 발자국이 눈에 띄었는데, 땅이 움푹 팬 곳을 뛰어넘어 이어지고 있었다. 발자국을 따라가노라니, 어느 순간 스카페이스가 눈에 들어왔다. 녀석은 엉덩이를 바닥에 깔고 앉아 마치 재미있다는 듯이 히죽거리며 나를 바라보았다.

녀석의 발자국을 자세히 살펴본 후에야 나는 상황을 알아차렸다. 내가 녀석을 본 바로 그 순간에 녀석도 나를 보았던 것이다. 그런데 녀석이 사냥꾼인 양 아무것도 못 본 듯이 행동하면서 내 시야에서 벗어났다가, 뒤쪽으로 돌아 나와 내가 작전에 실패하는 것을 지켜보면서 흐뭇해하고 있었다.

그 후에도 나는 스카페이스의 교활함을 경험했다. 그때 나는 친구와 함께 목초지 옆으로 난 길을 걷고 있었다. 그곳은 산등성이에서 채 10미터도 떨어지지 않았고, 산등성이에는 회갈색의 둥근 바위가 여럿 있었다.

산등성이 바로 옆으로 지나갈 때 친구가 대뜸 이렇게 말했다.

"저 세 번째 바윗돌에 여우가 앉아 있는 것처럼 보이지 않아?"

내 눈에는 딱히 그렇게 보이지 않았다. 내가 무심코 고개를 젓는 바람에 우리는 그대로 지나쳐 갔다. 그런데 얼마 안 가서 갑자기 바람이 그 둥근 바위 쪽으로 불었다. 순간, 아까 그 바위에서 동물의 털이 바람결에 날리는 듯이 보였다.

"여우가 맞아. 누워 자고 있는 것 같아."

친구가 다시 말했다.

"그런 것쯤이야 금방 알 수 있지."

나는 이렇게 대답하며 별생각 없이 뒤로 돌아섰다. 그러자 채 한 걸음도 떼기 전에 그 바위에서 여우가 벌떡 일어나 달아나기 시작했다. 스카페이스였다. 목초지에는 불이 나서 검게 타 버린 자국이 길게 이어져 있었는데, 녀석은 그곳을 지나서 불에 타지 않은 누런 풀숲 쪽으로 휙 사라져 버렸다.

녀석은 바위 위에 납작 엎드린 채 우리가 다가오는 걸 지켜보고 있었던 것이다. 여기서 놀라운 것은 녀석이 둥근 바위로 위장했다는 사실이 아니라, 자기가 무엇을 하고 있는지 분명하게 알고서 이용했다는 것이다.

오래지 않아, 스카페이스와 그의 짝 빅슨이 우리의 숲을 자기네 집으로, 그리고 우리 집 마당을 자기네 식량 기지로 쓰고 있었다는 사실을 알게 되었다.

다음 날 아침, 소나무 숲을 조사하다가 한 달쯤 전에 파헤쳐진 것으로 보이는 흙더미를 발견했다. 희한하게도 흙더미는 있는데 정작 굴은 보이지 않았다. 자세히 살펴보니, 덤불숲으로 이어지는 굴을 하나 더 파 놓은 다음, 처음 판 굴의 입구를 막아 버렸다. 그러니까 덤불숲에 가려져 있는 입구만 쓰고 있었던 것이다.

그 안에 새끼들의 보금자리가 있었다. 언덕을 덮고 있는 덤불 사이로 속이 텅 빈 참피나무 한 그루가 우뚝 서 있었는데, 한쪽으로 심하게 기울어져 있었다. 뿌리 쪽에 큰 구멍이 하나 나 있었고, 그 위쪽으로 작은 구멍이 하나 더 있었다.

어릴 적에 우리는 이 나무에서 '스위스의 로빈슨 가족'이라는 놀이를 하곤 했다. 그 놀이를 하기 위해 고목의 안쪽에 계단을 만들어 오르내리기 쉽게 했다. 이제 그것을 이용할 일이 생겼다. 다음 날 햇볕이 따뜻하게 비칠 때, 나는 그 나무 꼭대기로 올라간 뒤 굴에 사는 여우 가족을 몰래 지켜보았다.

새끼 여우는 네 마리가 있었다. 보송보송한 털과 길고 굵은 다리, 그리고 천진난만한 표정 때문에 언뜻 새끼 양처럼 온순해 보였다. 하지만 자세히 보면 뾰족한 코와 날카로운 눈초리가 다소 야비하게 느껴졌다. 얼굴 생김새로 보아하니 교활한 스카페이스의 피를 받은 새끼 여우가 틀림없었다.

햇볕을 쬐기도 하고 씨름을 하기도 하면서 즐겁게 놀던 새끼 여우들이 부스럭거리는 소리에 놀라 굴속으로 황급히 도망쳤다. 하지만 곧 진정이 되었다. 그 소리의 주인공이 어미 여우였기 때문이다. 암탉 한 마리를 훔친 어미 여우가 덤불에서 걸어 나오는 소리였다. (내 기억으로는 열일곱 번째 닭이다.)

어미 여우가 낮은 소리로 부르자, 새끼 여우들이 잽싸게 뛰어나왔다. 이어서 여우 가족의 신나는 풍경이 펼쳐졌다. 물론 숙부가 보았다면 조금도 유쾌해하지 않았을 테지만.

새끼들은 쏜살같이 암탉에게 덤벼들어 싸웠다. 어미 여우는 흐뭇한 눈길로 바라보면서도, 혹시라도 들이닥칠지 모를 적들에 대한 경계를 게을리하지 않았다. 어미 여우는 즐거운 듯 웃고 있었지만, 얼굴에 간교함과 잔혹함이 어려 있었다. 그래도 어미로서의 자랑스러움과 뿌듯함만큼은 숨기지 못했다.

어미 여우 빅슨이 새끼들에게 암탉을 던져 주고선,
흐뭇한 표정으로 싸우는 모습을 지켜보고 있다.

내가 몸을 숨긴 나무의 뿌리 쪽에는 수풀이 무성했다. 게다가 굴이 있는 둔덕보다 낮았기 때문에 눈에 잘 띄지 않았다. 나는 며칠 동안 그곳에 드나들면서 새끼 여우들이 훈련받는 모습을 지켜보았다. 녀석들은 이상한 소리가 들리면 조각상처럼 꿈쩍하지 않았고, 뭔가 무서운 것을 발견하면 얼른 굴로 도망쳤다.

동물들 가운데는 모성애가 흘러넘쳐서 다른 동물에게까지 자애를 베푸는 경우를 종종 볼 수 있다. 그런데 빅슨에게서는 그런 면을 전혀 찾아볼 수 없었다.

새끼들에 대한 사랑이 지나친 나머지, 아주 잔인한 방법을 동원하기까지 했다. 가끔씩 쥐나 새를 잡아 산 채로 새끼들에게 던져 주곤 했다. 그럴 때 새끼들이 다치지 않도록 조심하면서 먹잇감을 더 많이 골려 줄 수 있도록 배려하는 악마성을 보였다.

건너편에 있는 과수원에는 우드척다람쥐가 한 마리 살고 있었다. 이 우드척다람쥐는 아름답지도 않고 재미있지도 않았다. 다만 자기 몸을 지키는 방법만큼은 탁월하게 꿰고 있었다. 우드척다람쥐는 오래된 소나무 그루터기의 뿌리 사이에 굴을 파 놓았기 때문에 여우는 굴 앞까지밖에 쫓아갈 수가 없었다.

여우는 힘든 일을 좋아하지 않았다. 힘들게 몸을 쓰기보다는 잔머리를 굴리는 쪽을 훨씬 더 선호했다. 우드척다람쥐는 아침마다 그루터기 위로 올라와 햇볕을 즐겼다. 그러다 여우를 발견하면 잽싸게 그루터기에서 내려와 자기 굴 앞으로 쏜살같이 달려갔다. 여우가 조금 더 가까이 다가가면 굴속으로 쏙 들어가 위험이 사라질 때까지 끈기 있게 숨어 있었다.

어느 날 아침, 스카페이스 부부는 이제 새끼들도 우드척다람쥐의 존재를 알아야 할 때가 되었다고 판단했다. 그래서 과수원에 사는 우드척다람쥐를 새끼들의 실물 교육 재료로 이용하기로 마음먹었다. 스카페이스는 과수원 안으로 들어간 다음, 그루터기를 지나쳐서 조용히 걸어갔다. 경계심 많은 우드척다람쥐가 자신을 지켜보고 있으리라는 걸 알기에, 일부러 그쪽으로는 고개를 돌리지 않았다.

여우가 처음 과수원으로 들어섰을 때, 우드척다람쥐는 침착하게 자신의 굴 입구로 내려갔다. 거기서 여우가 지나가기를 기다리다가, 조심해서 나쁠 것 없다는 생각이 들어서 굴속으로 다시 들어가 버렸다.

그것이 바로 여우 부부가 바라던 일이었다. 그때까지 숨어 있던 빅슨이 재빨리 뛰어나와 그루터기 뒤쪽으로 숨었다. 스카페이스는 계속해서 느릿느릿 걸어가고 있었다. 그것을 본 우드척다람쥐는 안심을 하고서 나무뿌리 사이로 머리를 내민 뒤 주위를 살폈다. 스카페이스는 점점 더 멀어지고 있었다. 이윽고 스카페이스의 모습이 아득해지자, 우드척다람쥐는 한층 대담해져서 좀 더 자세히 보기 위해 그루터기 위로 기어 올라갔다.

바로 그때 빅슨이 단숨에 뛰어나와서 우드척다람쥐를 꽉 잡아 물고는 기절할 정도로 사납게 흔들어 댔다. 그때까지 곁눈질을 하며 걸어가던 스카페이스가 순식간에 뛰어서 되돌아왔다. 빅슨이 이미 우드척다람쥐를 입에 물고 굴로 데려갈 준비를 마쳤기 때문에 스카페이스가 딱히 도울 일은 없었다.

빅슨은 자기네 굴 쪽으로 걸어갔다. 우드척다람쥐에게 싸울 힘이 조금이나마 남아 있게 하기 위해서 일부러 살살 물었다. "우프!" 하고 나직한 소리로 새끼들을 부르자, 녀석들은 마치 놀이를 하러 나오는 어린아이들처럼 신이 나서 우르르 몰려나왔다. 어미 여우가 우드척다람쥐를 던져 주자, 새끼 네 마리가 으르렁거리며 달려들어 조그만 주둥이로 먹이를 연방 물어 댔다.

우드척다람쥐는 있는 힘을 다해 싸우다가 새끼 여우들을 가까스로 물리치고 절뚝거리며 수풀로 도망갔다. 새끼 여우들은 사냥개처럼 날쌔게 쫓아가 우드척다람쥐의 꼬리와 옆구리를 이빨로 물고 잡아당겼다. 하지만 뜻대로 잘되지 않았다. 보다 못한 빅슨이 달려들어 우드척다람쥐를 다시 넓은 곳으로 데려왔다.

새끼들은 다시 덤벼들어 우드척다람쥐를 못살게 굴었다. 이런 과정이 여러 차례 반복되었다. 그러다 새끼 한 마리가 그만 우드척다람쥐에게 심하게 물리고 말았다. 새끼의 비명 소리에 놀란 빅슨은 이 비참한 신세의 동물에게 달려들어 단박에 숨을 끊어 놓았다.

굴에서 그리 멀리 떨어지지 않은 곳에 움푹 파인 땅이 있었다. 잡초가 잔뜩 우거져 있어서 들쥐들의 운동장이나 마찬가지였다. 새끼 여우들이 숲속에서 살아가는 데 필요한 교육을 처음 받은 곳이 바로 거기였다. 녀석들의 첫 실습물은 쥐였는데, 사실 쥐는 가장 잡기 쉬운 사냥감이었다.

교육에서 가장 큰 비중을 차지한 것은 '따라 하기'였다. 어미 여우는 "가만히 엎드려서 잘 봐."나 "나처럼 해 봐." 등을 뜻하는 두어 가지 신호를 가지고 있었는데, 이것이 사냥을 할 때 가장 많이 쓰이는 것이었다.

바람 한 점 없는 어느 날 저녁 무렵, 어미 여우가 새끼들을 데리고 그곳에 갔다. 어미 여우는 새끼들에게 풀밭에 꼼짝 없이 앉아 있으라고 지시했다. 바로 그때 찍찍 하고 쥐의 울음소리가 들렸다. 바야흐로 사냥감이 움직이고 있는 것이었다.

빅슨은 몸을 일으켜 발끝으로 풀밭까지 걸어갔다. 똑바로 서서 걷기도 하고 뒷발로만 걷기도 했다. 가능한 한 멀리 보기 위해서였다. 들쥐들이 다니는 길은 풀 속에 가려져 있기 때문에 위치를 파악하기 위해선 풀잎의 미세한 흔들림을 살피는 수밖에 없었다. 그래서 들쥐 사냥은 바람이 불지 않는 날에만 할 수 있었다.

쥐를 잡을 때는 위치를 파악하고 나서 순식간에 덮치는 것이 중요했다. 곧이어 빅슨이 풀쩍 뛰어올랐다. 잠시 뒤 풀줄기 사이

빅슨이 새끼들에게 사냥감을 잡으러 가는 방법을 시범 보이고 있다.

에서 찍찍 하고 최후의 비명을 내지르는 들쥐를 앞발로 꾹 움켜쥐었다.

네 마리의 새끼 여우는 서투르나마 어미 여우가 조금 전에 한 것과 똑같이 움직여 보았다. 드디어 가장 큰 새끼 여우가 난생처음 사냥감을 잡았다. 녀석은 흥분으로 온몸을 부르르 떨면서 진주알처럼 작은 우윳빛 이빨로 쥐를 꽉 깨물었다. 자신의 잔인성에 그 녀석 스스로도 깜짝 놀라지 않았을까 싶을 정도로…….

그다음 실습 대상은 붉은다람쥐였다. 마침 엄청나게 수다스런 붉은다람쥐 한 마리가 여우 가족의 이웃에 살고 있었다. 녀석은 날마다 여우들을 놀려 댔다. 새끼 여우들은 붉은다람쥐를 잡으려고 여러 차례 시도해 보았지만 번번이 실패하고 말았다. 그러자 녀석은 이 나무 저 나무로 잽싸게 옮겨 다니며 특유의 입심으로 새끼 여우들을 자꾸만 놀려 댔다.

30센티미터 가까이까지 접근한 적이 있긴 하지만, 새끼 여우들의 힘만으로 붉은다람쥐를 잡기에는 아무래도 역부족이었다.

빅슨은 동·식물들의 생태를 주르르 꿰고 있었다. 다람쥐에 대해서도 마찬가지였다. 다만 적당한 때가 오기만을 잠자코 기다릴 뿐이었다.

어느 날 빅슨은 새끼들을 숨겨 놓은 다음, 확 트인 빈터로 나가 한가운데에 납작 엎드렸다. 그러자 평소처럼 그 건방지고 속좁은 붉은다람쥐가 나타나 놀려 대기 시작했다. 빅슨은 짐짓 털 하나 까딱하지 않았다.

붉은다람쥐는 슬금슬금 다가오더니, 머리 바로 위의 가지에까지 와서 떠들어 댔다.

"야, 이 지독한 여우년아!"

그래도 빅슨은 죽은 것처럼 가만히 있었다. 궁금증이 발동한 붉은다람쥐가 나무에서 내려와 요리조리 살펴보았다. 그러다 겁이 더럭 났는지, 풀밭을 가로질러 다른 나무로 쪼르르 달려갔다. 잠시 후 안전하게 몸을 피했다고 생각했는지 다시 욕을 해 대기 시작했다.

"야, 이 지독한 년아! 아무짝에도 쓸모없는 년!"

빅슨은 여전히 죽은 것처럼 풀 위에 납작 엎드려 있었다. 그러자 붉은다람쥐는 더 조바심을 냈다. 원래 호기심이 많고 모험을 좋아하는 성미인지라, 바닥으로 내려와 아까보다 좀 더 가까이 다가갔다.

빅슨이 시체처럼 꼼짝하지 않자, 붉은다람쥐는 정말로 죽은 게 아닌지 궁금증이 일었다. 새끼 여우들마저도 어미 여우가 잠을 자고 있는 것이라고 착각할 정도였다. 붉은다람쥐는 호기심을 도무지 주체하지 못했다. 그래서 빅슨의 머리 위로 나무껍질을 떨어뜨려 보았다. 그래도 아무 반응이 없자, 또다시 욕설을 마구 퍼부어 댔다.

결국은 빈터를 두어 번 왔다 갔다 하다가 빅슨에게서 거의 6, 70센티미터가량 떨어진 곳까지 다가갔다. 바로 그 순간, 빅슨이 눈 깜짝할 사이에 뛰어올라 녀석을 훅 덮쳤다. 뒤이어 새끼 여우들이 달려 나와 녀석의 살점을 물어뜯었다.

이로써 새끼 여우들의 초보적인 교육은 끝이 났다. 힘이 강해진 새끼들은 직접 들판으로 나가 좀 더 수준 높은 교육을 받기 시작했다. 새끼 여우들은 차츰차츰 각각의 먹잇감에 적합한 사냥법을 배워 나갔다.

모든 동물에게는 각각의 큰 장점이 있다. 그렇지 않고선 야생에서 도저히 살아남을 수가 없다. 또 그들 나름대로의 약점을 지니고 있기도 하다. 그래야만 다른 동물들이 살아갈 수 있기 때문이다. 다람쥐의 약점은 쓸데없는 호기심이고, 여우의 약점은 나무에 오르지 못한다는 것이다. 새끼 여우들에 대한 교육은 대개 다른 동물들의 약점을 최대한 이용하고, 자신들의 약점은 보완하는 능력을 기르는 쪽으로 진행된다.

새끼 여우들은 부모에게서 여우 세계의 규칙을 배웠다. 그것은 말로 배우는 것이 아니라 부모와 함께 살아가면서 매 순간 온몸으로 익히는 것이었다. 다음은 여우가 나에게 가르쳐 준 것들 가운데 일부분이다. 당연히 이것 역시 말로 배운 것은 아니다.

- 한 번 지나갔던 길에서는 절대로 잠을 자지 않는다.
- 눈보다 코가 앞에 있으니 눈보다는 코를 믿어라.
- 바람이 부는 쪽으로 달리는 것보다 더 어리석은 짓은 없다.
- 흐르는 시냇물은 여러 가지 병을 고쳐 준다.
- 숨을 곳이 있을 때는 절대로 탁 트인 곳으로 나가서는 안 된다.
- 어떤 경우에도 직선으로 발자국을 남기지 않는다.
- 낯선 것은 일단 적으로 간주한다.
- 흙먼지와 물은 냄새를 지운다.
- 토끼가 사는 숲에서 쥐를 사냥하거나, 닭이 노는 곳에서 토끼를 사냥하지 않는다.
- 풀밭에 들어가선 안 된다.

새끼 여우들은 이런 규칙들을 머릿속에 잘 새겨 두었다. 그래서 '냄새가 분별되지 않는 상대를 쫓아가는' 일 따위의 어리석은 짓은 절대로 하지 않았다. 상대의 냄새를 맡을 수 없다는 것은 상대가 내 쪽의 냄새를 맡을 수 있는 방향으로 바람이 불고 있다는 걸 뜻하기 때문이었다.

새끼 여우들은 날마다 주변에 사는 새와 짐승들에 관해 배워 나갔다. 그리고 엄마와 아빠 여우를 따라 좀 더 먼 곳까지 나가, 새로운 동물들에 대해서도 많은 걸 공부했다. 녀석들은 차츰 움직이는 것이라면 뭐든 냄새를 알아차릴 수 있게 되었다.

어느 날 밤, 어미 여우가 새끼들을 데리고 들판으로 나갔다. 새끼 여우들은 까맣고 넓적하게 생긴 것을 하나 발견했다. 빅슨은 새끼들에게 그것의 냄새를 맡게 할 참이었다. 새끼 여우들은 냄새를 맡자마자 털끝이 곤두서고 온몸이 부르르 떨렸다. 그 냄새는 피를 들끓게 하고 온몸을 순식간에 공포로 가득 채웠다. 어미 여우가 새끼들을 바라보며 천천히 입을 열었다.

"이건 사람의 냄새란다."

암탉이 없어지는 일은 계속되었다. 나는 새끼 여우들이 사는 굴에 대해서 아무에게도 이야기하지 않았다. 솔직히 말하면 암탉보다 새끼 여우들에게 관심이 더 많았다. 날마다 암탉을 도둑맞아 화가 머리끝까지 치솟은 숙부는 나에게 대체 숲에 대해 알고 있는 것이 뭐냐고 소리를 지르며 핀잔을 주었다.

별수 없이 나는 숙부의 마음을 풀어 주기 위해 사냥개 레인저를 데리고 숲으로 갔다. 언덕배기에 있는 그루터기에 걸터앉은 다음 레인저에게 주변을 둘러보고 오라고 명령했다. 그러자 채

삼 분도 지나지 않아서, 레인저가 사냥꾼이라면 누구나 알아들을 수 있는 소리로 짖었다.

"여우다! 여우다! 여우가 골짜기를 따라 내려가고 있다."

아니나 다를까, 잠시 후 여우가 다가오는 소리가 들렸다. 스카페이스였다. 녀석은 냇가의 낮은 지대를 가로질러 가볍게 뛰어왔다. 냇물을 따라 200미터쯤 빠른 속도로 뛰다가, 내가 있는 쪽으로 똑바로 걸어왔다. 시야가 확 트여 있었지만, 뒤쫓아오는 레인저를 살피느라 미처 나를 보지 못한 채 언덕 위로 달려왔다.

녀석은 내게서 겨우 3미터쯤 떨어진 곳에서 방향을 틀고는 등을 보인 채 쭈그리고 앉았다. 그러고는 언제나처럼 사냥개가 하는 짓이 우스워 죽겠다는 듯한 얼굴로 목을 길게 빼고 내려다보았다. 레인저는 세차게 짖어 대며 쫓아오다가 냇물 앞에 이르자 어찌할 바를 몰라 했다. 흐르는 물은 냄새를 모두 지워 버리기 때문이었다. 그러나 아직 한 가지 방법이 남아 있었다. 냇물의 양쪽 기슭을 쭉 훑어 내려오면서 여우가 땅으로 올라온 지점을 찾아내는 것이었다.

내 앞에 있던 여우는 이 광경을 더 자세히 보기 위해 자세를 바꾸더니, 우왕좌왕하고 있는 레인저를 재미있다는 듯이 바라보았다. 사냥개가 다시 시야에 들어오자 녀석은 내가 있는 쪽으로 더 가까이 왔다. 나는 이제 녀석의 갈기털 한 올 한 올까지 다 들여다볼 수 있었다. 심장이 갈비뼈 밑에서 헐떡거리는 모습과 누런 눈빛까지도 생생히…….

사냥개가 냇물 앞에서 좌절하는 모습은 누가 봐도 코미디였다. 여우는 기쁜 나머지 가만히 앉아 있지를 못하고 몸을 마구 흔들어 댔다. 심지어 터벅터벅 걸어오고 있는 사냥개를 좀 더 자세히 보려고 뒷발로 일어서기까지 했다.

어찌나 재미있어 하는지, 녀석은 입을 귀밑까지 벌린 채 한참 동안이나 숨을 헐떡거렸다. 급기야 사냥개가 자기 발자국을 오랫동안 찾지 못하고 헤매자, 즐거움을 감추지 못하고 바닥에서 떼굴떼굴 굴렀다. 그러다 사냥개가 가까스로 흔적을 찾아내 쫓아오기 시작하자, 김이 빠진 듯 조용히 숲속으로 사라졌다.

녀석은 내가 불과 3미터 떨어진 곳에 앉아서 자기를 고스란히 지켜보고 있었다는 사실을 전혀 눈치채지 못했다. 자기가 가장 무서워하는 적의 손 안에 이십여 분 동안이나 있었다는 사실을……. 마침 바람이 내 쪽으로 불고 있었는 데다가 내가 손끝도 까딱하지 않았기 때문일 것이다.

레인저 역시 내가 소리치지 않았더라면, 여우처럼 모른 채 내 곁을 지나쳤을 것이다. 내 목소리를 듣자, 레인저는 깜짝 놀라 추적을 멈추고 재빨리 내게로 달려와 발밑에 엎드렸다.

조금씩 내용이 다르기는 했지만 이런 코미디 같은 일은 그 후로도 여러 차례 반복되었다. 그런데 이런 일들은 냇물 건너편에 있는 집에서도 아주 잘 보였다. 매일같이 닭이 없어지는 것을 더 이상 참을 수 없게 된 숙부는 직접 숲으로 나갔다. 그리고 시야가 확 트인 언덕에 앉아 녀석이 나타나기를 기다렸다.

아무것도 모르는 스카페이스는 여느 때처럼 자신의 전망대에 와서 아래쪽 강가에 있는 멍청한 개를 지켜보았다. 녀석의 뒤에 앉아 있던 숙부는 가차 없이 총을 쏘았다. 승리감에 취해 한껏 웃고 있는 스카페이스에게…….

그 뒤에도 닭이 사라지는 일은 여전했다. 숙부는 화가 머리끝까지 치밀어서는 직접 전투에 나서기로 다짐하고 독을 넣은 미끼를 숲속에다 마구 흩뿌렸다. 우리 집 개들은 미끼에 손을 대지 않을 거라고 믿으면서. 내 수렵 기술이 한물갔다고 한껏 흉을 보고는, 사냥개 두 마리와 함께 저녁마다 숲으로 가서 어떤 녀석이 죽어 있는지를 확인하곤 했다.

빅슨은 독이 든 미끼를 아주 잘 구별해 냈다. 그래서 독약이 든 미끼를 그냥 지나쳐 버리거나, 도리어 그것을 이용해 비열한 짓을 벌이곤 했다. 한번은 미끼 중 하나를 오랜 숙적인 스컹크의 굴에다 떨어뜨려 놓았다. 그 후 그 스컹크를 다시는 보지 못했다.

전에는 스카페이스가 사냥개들을 맡아 주었기 때문에 여우 가족이 딱히 해를 입을 일이 없었다. 그렇지만 지금은 새끼 기르는 일을 온전히 빅슨 혼자서 떠맡게 되었다. 빅슨으로서는 굴을 드나들 때마다 발자국을 지울 시간도, 굴 가까이에 온 적들을 속일 준비를 충실히 할 여력도 없었다.

그 바람에 레인저의 맹렬한 추적이 여우가 사는 굴까지 이어졌다. 같이 간 사냥개 폭스테리어가 새끼 여우들이 굴 안에 있다는 것을 알리자, 레인저는 어떻게든 그 안으로 들어가려 안간힘을 썼다.

이제 여우 가족의 운명도 끝난 거나 다름없었다. 일꾼들이 곡괭이와 삽을 들고 와서 굴을 파기 시작했기 때문이다. 빅슨이 곧 숲 근처에 모습을 드러내더니 사냥개들을 냇물 아래쪽으로 유인해 갔다. 빅슨은 양의 등에 올라타는 간단한 속임수를 써서 추적자들을 멀리 따돌렸다.

깜짝 놀란 양들은 수백 미터를 달려 나갔고, 더 이상 냄새를 추적할 수 없을 것이라고 판단한 빅슨은 양의 등에서 내려와 굴로 되돌아왔다. 그런데 냄새가 끊기는 바람에 낭패를 본 사냥개들이 먼저 굴로 돌아와 있었다. 빅슨은 절망감에 빠져서 주변을 어슬렁거리며, 사랑스런 새끼들에게서 우리를 떼어 내려고 안간힘을 썼다. 하지만 아무 소용이 없었다.

일꾼 패디는 곡괭이와 삽을 부지런히 놀렸다. 자갈투성이의 누런 모래가 양쪽으로 수북이 쌓여 갈수록 그의 억센 어깨도 점점 가려져 보이지 않았다. 한 시간쯤 땅을 파냈을까? 갑자기 사냥개들이 사납게 짖어 대었다. 숲 근처에서 배회하던 빅슨을 발견한 것이었다.

그때 패디가 외쳤다.

"여우가 있어요!"

굴 맨 안쪽에 새끼 여우 네 마리가 몸을 잔뜩 웅크린 채 모여 있었다. 내가 손을 쓸 새도 없이 삽이 무섭게 날아들었다. 동시에 작지만 사나운 폭스테리어가 새끼 여우들에게 달려들어 세 마리의 숨을 단박에 끊어 놓았다. 다행히 가장 작은 네 번째 새끼 여우는 내가 꼬리를 잡아 개에게 닿지 않도록 높이 들어 올리는 바람에 간신히 목숨을 구했다.

새끼 여우가 낑낑대며 울자, 그 소리를 듣고 어미 여우가 근처로 와서 하염없이 배회했다. 만약 사냥개가 달려드는 바람에 빅슨을 보호하는 꼴이 되지 않았더라면 분명 총알에 맞아 운명을 달리했을 것이다. 빅슨은 내내 근처에 있다가 결국 사냥개에게 다시 쫓기게 되었다.

사로잡은 새끼 여우는 자루에 넣었는데, 뜻밖에도 녀석이 꽤 얌전하게 있었다. 우리는 녀석의 형제를 원래의 보금자리에 던져 놓고는 삽으로 흙을 떠서 묻어 주었다.

그리고 마음 한켠에 양심의 가책을 느끼며 집으로 돌아왔다. 새끼 여우는 목에다 쇠사슬을 건 뒤 마당에다 묶어 두었다. 그 누구도 녀석을 왜 살려 두어야 하는 이유를 대지 못했지만, 그 누구도 나서서 죽이려 들지는 않았다.

새끼 여우는 자그마한 것이 꽤 귀여웠다. 마치 여우와 양을 교배해 놓은 것 같았다. 탐스러운 털 때문인지 새끼 양처럼 천진난만해 보이는 구석도 있었다. 하지만 노란 눈에서 뿜어져 나오는 광채는 녀석이 교활하고 잔혹한 여우의 새끼라는 느낌을 지울 수 없게 했다.

사람이 가까이 있을 때면 녀석은 겁에 질려 상자 속에 가만히 웅크리고 앉아 있었다. 그러다가 한 시간쯤 혼자 내버려 두면 슬그머니 밖을 내다보는 모험을 시도했다. 우리 집 창이 이제 예전의 그 속이 빈 참피나무를 대신했다.

새끼 여우 주위에는 암탉이 많이 있었다. 어느 날 늦은 오후였다. 언제나처럼 닭들이 녀석 근처에서 노닐고 있는데, 갑자기 덜커덩 하고 쇠사슬 소리가 났다. 녀석이 가장 가까이 있는 닭을 잡으려고 달려들었던 것이다. 하지만 쇠사슬이 몸을 잡아끄는 바람에 헛수고에 그쳤다. 새끼 여우는 풀이 죽은 얼굴로 슬그머니 상자 속으로 들어갔다.

그 후로도 녀석은 대여섯 번 정도 닭을 덮쳤는데, 성공하든 실패하든 쇠사슬의 길이 안에서만 뛰어오를 수 있기에 바닥에 나뒹굴지는 않았다.

밤이 되면 녀석은 상자에서 살짝 빠져나와 사슬을 끌어당겨 보기도 하고, 앞발로 누른 채 물어뜯어 보기도 했다. 그러다 조금만 이상한 소리가 나도 다시 상자 속으로 돌아갔다. 그런데 갑자기 무슨 소리를 들었는지, 녀석이 동작을 멈춘 후 작은 코를 치켜들고 울음소리를 짧게 냈다. 쇠사슬을 물어뜯으며 주변을 돌아다니다가 이런 소리를 한두 번 더 반복했다.

이윽고 대답이 있었다. 저 멀리서 '야흐…… 루루루' 하는 어미 여우의 소리가 들려왔던 것이다. 잠시 후 장작더미 위로 검은 그림자가 나타났다. 새끼 여우는 상자 속으로 슬그머니 기어 들어가려다 제 어미가 온 것을 알아차리고 기뻐서 단숨에 달려 나갔다.

어미 여우는 마치 섬광처럼 새끼를 물어채서는 자기가 왔던 길로 달아나려 했다. 그러나 그 순간 쇠사슬이 당겨지면서 새끼 여우는 어미 여우의 주둥이에서 튕겨 나와 바닥에 심하게 나뒹굴었다. 내가 창문을 열자 그 소리에 놀란 어미 여우가 잽싸게 장작더미 위로 달아나 버렸다.

한 시간쯤 지나자, 새끼 여우는 더 이상 돌아다니지도 낑낑거리지도 않았다. 내가 창밖을 내다보았을 때는 달빛 사이로 어미 여우가 새끼 여우 옆에 모로 누워 무언가를 갉고 있는 모습이 보였다. 그때 덜커덩 하는 쇳소리가 났다. 그 와중에 새끼 여우는 어미 여우의 따뜻한 젖을 빨고 있었다.

내가 밖으로 나가자 어미 여우는 어두운 숲속으로 재빨리 달아났다. 상자 옆에는 피투성이가 된 작은 쥐 두 마리가 놓여 있었는데, 온기가 채 가시지 않은 것으로 보아 어미 여우가 금방 가져다준 것이 틀림없었다. 아침에 다시 가 보니, 새끼 여우를

빅슨은 죽은 새끼들을 나란히 누인 채 슬픔을 가누지 못하고 있다.

묶어 둔 쇠사슬이 목에서 3, 40센티미터가량 반짝반짝 빛나고 있었다.

나는 숲을 가로질러 부서진 여우 굴로 가 보았다. 거기에도 어미 여우의 흔적이 남아 있었다. 가슴이 찢어지는 듯한 슬픔에 빠졌을 어미 여우는 흙투성이가 되어 버린 새끼들의 시체를 하나하나 파낸 모양이었다.

새끼 여우 세 마리는 깨끗이 핥아진 채 뉘어 있었고, 그 옆으로는 우리 집에서 잡아온 암탉 두 마리가 보였다. 흙 위에는 새로 생긴 자국이 어지럽게 널려 있었다. 빅슨이 새끼들 곁을 지키다가 날이 어두워지자 평소처럼 사냥한 먹이를 가져온 모양이었다.

빅슨은 새끼들 옆에 몸을 쭉 뻗고는 젖을 먹이려 했지만 모두 헛된 일이었다. 새끼들의 털은 여전히 보드랍고 복실복실했지만 몸은 이미 빳빳하게 굳어 있었다. 온기가 사라진 코 역시 아무런 반응을 하지 않았다.

팔꿈치와 가슴, 무릎의 자국이 깊게 나 있는 것으로 보아, 여느 어미들이 그러하듯 빅슨 역시 오랫동안 그곳에 누워 슬픔을 달랜 듯했다. 그 후로 빅슨은 이 처참하게 부서진 굴에 다시는 오지 않았다. 새끼들이 죽었다는 사실을 받아들인 모양이었다.

우리는 그 포로를 '팁'이라고 불렀다. 형제들 가운데 가장 약골이었지만, 이제는 홀로 남아 어미 여우의 사랑을 독차지했다.

숙부는 암탉을 지키기 위해 사냥개들을 풀어 두었다. 그리고 일꾼들에게는 여우를 보는 즉시 쏘아 죽이라고 명령했다. 나도 똑같은 명령을 받았지만 그렇게 할 생각은 눈곱만치도 없었다.

여우는 좋아하지만 개들은 거들떠보지도 않는 닭머리에다 독을 묻혀서 숲 여기저기에다 던져 두었다. 팁이 묶여 있는 마당으로 안전하게 가는 길은 장작더미로 올라오는 방법뿐이었다. 그것도 이 모든 위험을 다 통과하고 난 다음에야 가능했다.

빅슨은 밤마다 나타나서 새끼에게 젖을 먹이고 갓 잡은 암탉을 가져다주었다. 이제는 새끼의 투정 가득한 울음소리가 들리지 않아도 어김없이 나타났다.

팁이 잡혀 온 지 이틀째 되던 날 밤, 나는 쇠사슬이 덜컥거리는 소리를 듣고 마당을 내려다보았다. 어미 여우가 새끼 여우의 상자 옆에 열심히 구멍을 파고 있었다. 어미 여우는 자기 몸이 반쯤 묻힐 정도의 구덩이를 판 다음, 쇠사슬을 끌어다 그곳에 묻은 후 다시 흙으로 덮었다. 어미 여우는 자신이 쇠사슬을 제거했다는 생각에 의기양양해하면서 팁의 목을 잡고 돌아서서 장작더미 위로 달려갔다. 그러나 이번에도 새끼 여우는 어미 여우에게서 튕겨 나와 바닥에 심하게 나자빠졌다.

불쌍한 것! 녀석은 상자 안으로 기어 들어가면서 훌쩍였다. 삼십 분쯤 지났을까? 개들이 마구 짖어 대었다. 그 소리가 숲 쪽으로 서서히 사라져 갔다. 개들이 어미 여우를 쫓고 있는 게 분명했다. 개들은 철로가 있는 북쪽으로 꺾어서 달렸는데, 소리가 점차 멀어지더니 어느 순간부터 더 이상 들리지 않았다.

다음 날 아침이 되었을 때도 사냥개들은 돌아오지 않았다. 오래지 않아, 우리는 그 이유를 알게 되었다. 여우는 기찻길을 아주 잘 알고 있었다. 당연히 그것을 이용하는 방법까지 훤히 꿰고 있었다.

사냥개에게 쫓길 때는 열차가 다가오기 직전까지 철로 위를 오랫동안 걸었다. 쇠에는 냄새가 잘 남지 않기도 하지만, 기차가 지나가면서 냄새를 말끔히 지워 주기도 했다. 게다가 사냥개들을 기차에 치여 죽게 만드는 기회를 덤으로 얻을 수도 있었다. 기차가 코앞까지 왔을 때 사냥개들을 높은 철교 위로 유인하면 녀석들은 가차 없이 기차에 치여 죽는 수밖에 없었다.

빅슨은 이 기술을 멋지게 실행에 옮겼다. 우리는 오래지 않아 다리 밑에서 처참한 몰골로 죽어 있는 레인저를 발견했다. 바야흐로 빅슨의 복수가 시작된 셈이었다.

그날 밤 여느 때처럼 마당으로 와서 암탉을 잡아다 팁에게 가져다주었다. 그리고 새끼 여우 곁에 몸을 쭉 펴고 누워 젖을 물렸다. 빅슨은 자기가 먹이를 가져다주지 않으면 새끼 여우가 아무것도 먹지 못할 거라고 생각하는 모양이었다.

다음 날 숙부는 암탉의 시체를 보고서 지난밤에도 빅슨이 왔다 간 사실을 알아차렸다. 빅슨에게 자꾸만 마음이 쓰이던 나는 더 이상 여우를 죽이는 일에 가담하지 않기로 마음먹었다.

그날 밤 숙부는 직접 총을 들고 한 시간 넘게 보초를 섰다. 그러나 날씨가 점점 추워지는 데다 구름이 달을 가려 버리자, 다른 볼일이 있다는 핑계를 대고서 패디를 대신 세워 놓은 채 집 안으로 들어왔다. 패디는 신경을 바짝 곤두세우고서 망을 본 탓인지 금세 지쳐 버렸다. 한 시간쯤 후에 '빵! 빵!' 하고 총소리가 났지만 화약만 허비하고 말았다.

다음 날 아침에 우리는 빅슨이 어김없이 새끼에게 왔다 간 것을 확인했다. 이번에도 암탉 한 마리가 없어졌다. 숙부는 다음 날 밤에 다시 직접 보초를 섰다. 어둠이 깔리기 시작한 지 얼마 안 되어 총소리가 크게 울렸다. 빅슨은 입에 물고 있던 먹이만 떨어뜨리고 쏜살같이 빠져나갔다.

그날 밤 빅슨은 또다시 찾아왔고, 또 한 번 총소리가 났다. 다음 날 아침에 우리는 여전히 쇠사슬이 반짝거리는 것을 보았다. 녀석이 다시 와서 쇠사슬을 끊으려고 오랫동안 애를 쓰다가 간 것이었다.

이러한 용기와 사랑은 우리 마음속에 경외감을 불러일으켰다. 그래서인지 다음 날 밤에는 아무도 총을 들지 않았고, 사방은 쥐 죽은 듯 고요했다. 총소리에 놀라 세 번이나 도망쳤는데, 이번에도 새끼에게 먹이를 주러 오는지 궁금증이 일었다.

새끼 여우에 대한 어미 여우의 사랑은 지극했다. 그날은 망을 보는 사람이 나 하나뿐이었다. 새끼 여우의 낑낑거리는 울음소리가 들리자, 장작더미 위에 그림자 같은 것이 나타났다.

빅슨의 입에는 암탉이 물려 있지 않았다. 그 빈틈없는 여우가 사냥에 실패한 걸까? 아니면 사람들이 새끼에게 음식을 주고 있다는 사실을 알게 된 걸까?

그 어느 것도 맞지 않았다. 빅슨의 유일한 바람은 새끼를 자유롭게 해 주는 것뿐이었다. 새끼를 구하기 위해서 자신이 아는 방법은 모두 다 써 보았다. 그 어떤 위험도 감수했다. 그러나 전부 소용이 없었다.

빅슨은 마치 그림자처럼 다가왔다가 뭔가를 내려놓고는 금방 사라졌다. 팁은 어미가 떨어뜨려 놓고 간 것을 웅크리고 앉아 맛있게 먹었다. 그런데 잠시 후 칼로 찌르는 듯한 고통이 찾아들면서 저도 모르게 비명이 새어 나왔다. 새끼 여우는 얼마간 발버둥을 치다가 이내 숨을 거뒀다.

빅슨은 모성애가 매우 강한 여우였다. 하지만 빅슨의 가슴속에는 모성애보다 더 고매한 생각이 자리하고 있었다. 어미 여우는 독의 힘을 잘 알고 있었다. 새끼가 자유롭게 살고 있었더라면 분명 독이 든 먹이를 가려내는 방법을 가르쳤을 것이다. 하지만 빅슨은 가슴속의 모성애를 억누르고 새끼를 자유롭게 해 주기 위한 마지막 방법을 선택했다. 새끼의 구차스러운 삶을 어미 스스로 끝내는 것이었다.

겨울이 온 뒤로 빅슨은 더 이상 에린데일 숲에 나타나지 않았다. 빅슨이 어디로 갔는지는 아무도 알지 못했다. 그러나 두 번 다시 나타나지 않을 거라는 사실만큼은 확실했다.

어쩌면 빅슨은 자기 새끼들과 남편이 살해된 이 슬픈 기억을 떨쳐 버릴 수 있는 아주 먼 곳으로 가 버렸는지도 모른다. 아니면 자신의 어린 새끼에게 썼던 방법대로 독이 든 미끼를 스스로 먹고 슬픈 삶의 무대를 뒤로한 채, 야생의 다른 어미들이 사라진 그곳으로 가 버렸는지도…….

자유를 갈망하다, 야생마 페이서

조 캘런은 먼지투성이의 바닥에다 안장을 던져 놓고는 말을 풀어 주었다. 이윽고 쿵쾅거리는 발소리를 내며 목장 주인의 집으로 들어섰다.

"밥 먹을 시각 아니야?"

"십칠 분 남았어."

요리사는 시계를 힐끗 쳐다보며 무뚝뚝하게 말했다. 사실 식사 시간을 제대로 맞춘 적은 한 번도 없었다.

"페리코 쪽은 어때?"

조의 동료가 물었다.

"응, 아주 좋아. 소들도 좋고……. 무엇보다 송아지가 많아."

"앤틸로프 샘에서 야생마들이 물을 마시고 있는 걸 봤어. 새끼 두 마리가 나란히 있던데? 한 놈은 작고 까만 게 아주 죽여 주더구먼. 타고난 달리기꾼이었어. 내가 1, 2킬로미터쯤 따라가 봤는데, 무리의 선두에 서서는 한 번도 흐트러지지 않더라고. 재미삼아 속도를 빨리했다 늦췄다 했는데도 조금도 지치는 기색이 없는 거 있지?"

"자네, 설마 한잔하고 쫓아간 건 아니지?"

스카스가 믿기지 않는다는 듯한 얼굴로 물었다.

"물론이지. 자네도 이제는 최후의 도박을 해 봐야 하지 않겠나? 어쩌면 이번엔 기회를 잡을 수 있을지도 몰라."

"식사하세요."

마침 그때 요리사가 소리를 지르면서 대화의 맥을 끊었다.

다음 날, 가축 몰이를 하는 곳이 바뀌는 바람에 야생마에 관한 이야기는 그대로 잊혀졌다.

일 년 후, 뉴멕시코 주의 같은 지역에서 가축 몰이가 시작되었다. 그때 우연히 야생마 떼가 발견되었다. 지난번의 그 까무잡잡한 망아지는 이제 한 살이 되어 다리가 미끈해지고 옆구리에는 윤기가 자르르했다. 이 녀석을 눈여겨본 목동이 여럿 있었다. 녀석은 한눈에도 정말 타고난 명마였기 때문이다.

조는 녀석을 잡아 두면 꽤 쓸 만하겠다는 생각이 들었다. 사실 이런 생각이 동부 사람들에게는 그다지 놀라운 게 아니었다. 하지만 서부 사람들은 생각이 자못 달랐다. 길이 들지 않은 말은 5달러, 사람이 탈 수 있게 안장을 얹은 말은 15달러에서 20달러에 거래되기 때문에, 서부에서는 야생마를 좋은 재산으로 여기는 목동이 거의 없었다. 야생마는 잡기도 힘든 데다, 잡았다 하더라도 길들이기가 쉽지 않았다. 그래서 한낱 쓸모없는 짐승에 불과할 뿐이었다.

대부분의 목장 주인들은 야생마를 보는 즉시 총으로 쏘아 버렸다. 야생마가 목장을 망치기 일쑤인 데다가, 애써 키운 말을 꾀어내 찾지도 못하게 만들 때가 허다하기 때문이었다.

조는 야생마를 꽤 잘 알고 있었다.

"흰말은 대체로 얌전하지. 밤색 말은 신경질적이고, 적갈색 말은 끝까지 길들여지지 않아. 반면에 검정말은 용감무쌍한 싸움꾼이지. 만약 이놈에게 발톱이 있었더라면 다니엘(구약 성서에 나오는 인물. 사자 굴에 던져졌으나 신의 보살핌으로 목숨을 건진다.)의 굴속에 나오는 사자라 해도 당해 내지 못할걸."

이런 이유에서 야생마는 백해무익한 동물이었다. 게다가 검정 야생마라면 다른 놈들보다 열 곱절은 더 쓸모가 없었다. 그렇기에 조의 동료는 그가 그 한 살배기 야생마를 잡으려 하는 것을 보고 의아해하지 않을 수 없었다.

조는 그해에는 아무런 기회를 잡지 못했다. 한 달에 25달러를 받는 목동에 불과했기에 시간이 별로 없었다. 여느 청년들처럼 그도 자신의 목장과 가축을 갖고 싶다는 꿈을 가슴속 깊이 키우고 있었다.

그는 '돼지우리'라는 썩 유쾌하지 않은 이름을 샌타페이(미국 뉴멕시코 주의 주도)에 등록해 두었다. 어쩌다 운 좋게 낙인이 찍히지 않은 소라도 한 마리 발견하면 합법적으로 자기 낙인을 찍을 수 있는 권리를 갖고 있는 셈이었다. 그때까지만 해도 그의 낙인이 찍힌 뿔 달린 짐승은 늙은 암소 한 마리뿐이었다.

임금을 받는 가을철이 되면, 조는 다른 청년들과 어울려 시내로 가서 돈이 바닥날 때까지 놀았다. 덕분에 가진 재산이라곤 안장과 침대와 늙은 암소 한 마리가 전부였다. 그러면서도 늘 멋진 출발을 하게 해 줄 횡재를 꿈꾸었다. 어쩌면 검정 야생마가 복돌이가 될지도 모른다는 생각이 들자, 어떻게든 손에 넣을 기회를 호시탐탐 노렸다.

조는 날마다 소 떼를 몰고 캐나디안 강을 끼고 돌아 내려간 다음, 돈 카를로스 언덕 옆의 폭포로 돌아오곤 했다. 검정말을 직접 보지는 못했지만, 녀석에 관한 소문은 여기저기서 많이 들었다. 새끼였던 야생마가 자못 늠름한 말로 자라서 사람들 입에 연방 오르내렸던 것이다.

앤틸로프 샘은 대평원 한가운데에 있었다. 물이 많을 때면 이 샘은 사초로 둘러싸인 작은 호수로 변하고, 물이 적을 때는 검정색 진흙 바닥이 되었다. 곳곳이 알칼리 성분으로 하얗게 빛났고, 가운데의 물구덩이는 작은 연못이 되었다. 그 연못은 흐르지도 않고 배출구도 없었지만, 상당히 깨끗해서 근방에서는 유일하게 물을 마실 수 있었다.

'머나먼 북쪽'이라고 불리는 대초원에는 검정 야생마가 좋아하는 먹이가 가득했다. 또, 목장의 말과 소가 방목되는 지역이기도 했다. 가장 큰 목장은 '엘 크로스 에프'라는 회사의 소유였다.

그 목장의 소유주이자 책임자인 포스터는 꽤 열정적인 사업가였다. 그는 더 나은 품종의 소와 말을 키워 많은 돈을 벌고 싶어 했다. 그가 벌인 사업 가운데 하나는 키가 크고 다리가 늘씬하며 사슴 같은 눈망울을 가진 열 마리의 잡종 암말을 기르는 것이었다. 이 암말들에 비하면 목장의 조랑말들은 무척 왜소하고 열등해 보였다.

그중 한 마리는 계속 마구간에 묶여 있었고, 나머지 아홉 마리는 젖을 떼자마자 들판으로 달려갔다. 말은 원래 가장 좋은 먹이를 찾아 나서는 본능이 있었다. 아홉 마리의 암말들은 50킬로미터나 남쪽으로 달려가서 앤틸로프 샘 근처의 들판으로 갔다. 여름이 끝나 갈 무렵, 포스터는 암말들을 몰아 오기 위해 그 들판으로 갔다.

그런데 뜻밖에도 검정말 한 마리가 그 안에 섞여 있었다. 마치 암말들을 보호해 주고 있는 듯이 보였다. 검정말은 이리저리 뛰어다니며 대장처럼 능숙하게 무리를 이끌었다. 수말의 검고 아름다운 털이 암말들의 황금빛 털과 멋지게 대비를 이루었다.

암말들은 원래 온순하기 때문에 별일이 없다면 목장까지 몰고 가는 데 딱히 어려울 게 없었다. 그런데 검정말이 극도로 흥분하면서 고이 자고 있던 암말들의 야성을 들쑤시기 시작했다. 암말들은 곧 검정말을 따라 전속력으로 달아나기 시작했다.

조랑말을 타고 쫓아가기에는 애초부터 무리였다. 머리끝까지 화가 난 두 목동은 총을 꺼내 들고 '빌어먹을 수말'을 쏠 기회를 노렸다. 그러나 암말들 사이에서 녀석을 쓰러뜨릴 수 있는 기회는 열 번에 한 번도 주어지지 않았다. 결국 하루 종일 들판을 쏘다녔지만 별다른 성과를 거두지 못했다.

그 검정말이 바로 페이서였다. 페이서는 암말들을 이끌고 남쪽의 모래 언덕으로 사라졌다. 그 뒤를 쫓던 목동들은 지칠 대로 지친 나머지, 조랑말을 이끌고 힘없이 목장으로 돌아왔다.

문득 이런 일을 한두 차례 겪다 보면, 암말들도 페이서처럼 야생마가 될지도 모른다는 데 생각이 미쳤다. 그런데 그런 사태를 막을 수 있는 뾰족한 방법이 없었다.

과학자들은 하등 동물의 경우에 수놈이 더 아름답고 힘이 센 것은 암컷의 눈길을 끌기 위해서라는 주장을 두고 의견이 분분하다. 원래 용맹해서 그렇든 암컷의 눈길을 끌기 위해서 그렇든 간에, 남다른 능력이 있는 야생 동물이 경쟁 관계에 있는 다른 수놈에 비해 더 많은 암컷을 거느리는 것만은 틀림이 없다.

새까만 갈기와 꼬리, 그리고 반짝이는 초록 눈을 가진 이 검정 야생마는 그 지역을 휘젓고 다니면서 스무 마리가량의 암말을

자기 '무리'로 만들었다.

대부분은 목동들이 소몰이를 할 때나 타는 보잘것없는 말들이어서 아무렇게나 방목되고 있었다. 하지만 그 멋진 아홉 마리의 암말이 섞이면서 많은 사람들의 눈길을 사로잡게 되었다.

목동들의 말에 따르면, 페이서가 어찌나 주의 깊게 무리를 몰고 다니는지, 일단 말을 잃어버리면 되찾기가 힘들다고 했다. 그제야 목장 주인들은 그 야생마가 자신들의 목장에 큰 손실을 입히고 있다는 사실을 깨달았다.

1893년 12월, 나는 피나베티토에 있는 목장에서 마차를 타고 캐나디안 강으로 가고 있었다. 그 지역은 처음 가 보는 곳이었다. 마차가 출발할 때, 포스터가 내게 이런 말을 했다.

"만약 그 빌어먹을 야생마를 쏠 기회가 생기거든, 반드시 녀석이 자주 다니는 길목에서 해치우는 게 좋아요."

이것이 검정 야생마에 대해 내가 들은 첫 번째 조언이었다. 말을 타고 가면서 나는 길잡이꾼 잭 번즈에게서 지금까지 있었던 일을 낱낱이 들었다. 나는 그 유명한 세 살배기 검정 야생마를 만날 생각에 한껏 들떠 있었다.

아쉽게도 이튿날 앤틸로프 샘이 있는 들판에 도착했을 때는 녀석은커녕 그 무리의 흔적조차 보지 못했다.

그러다 다음 날, 앨라모사 건곡(물이 없는 계곡)을 건너 경사가 완만한 들판으로 올라가고 있을 때였다. 앞서가던 잭이 갑자기 말 위에서 몸을 납작하게 수그리고는 마차에 있던 내게로 급히 달려왔다.

"어서 총을 꺼내요, 지금 녀석이……."

나는 총을 손에 들고 들판을 내려다볼 수 있는 곳으로 달려갔다. 움푹한 분지 같은 곳에 말들이 떼지어 있었는데, 무리의 한쪽 끝에 바로 그 녀석이 있었다. 녀석은 우리가 접근하는 소리를 듣고 이미 위험을 감지한 듯했다. 머리와 꼬리를 꼿꼿이 치켜세운 채 콧구멍을 벌름거리고 있었다.

들판에 서 있는 그 어떤 동물보다 기품 있는 모습이었다. 어찌나 멋지고 아름다워 보이던지, 녀석을 해쳤다가는 무슨 일을 당할지도 모른다는 두려움이 엄습하기까지 했다. 잭이 빨리 총을 쏘라고 재촉하는데도 나는 한숨만 푹푹 내쉬며 우물쭈물했다.

그러자 성질 급하기로 유명한 잭이 다짜고짜 내 총을 움켜잡으려 했다.

"총, 이리 줘요."

그 순간, 내가 총구를 위로 들어 올리는 바람에 총알이 허공으로 발사되고 말았다.

그와 동시에 아래쪽에 있던 말들이 깜짝 놀라 소란을 피웠다. 검정 야생마는 콧김을 내뿜으며 연방 '히이잉' 하고 울부짖었다. 암말들은 곧장 떼를 지어 뿌옇게 먼지를 일으키며 달아나기 시작했다.

검정말은 이쪽저쪽으로 질주하며, 눈을 크게 부릅뜨고 암말들을 한쪽으로 몬 다음 멀리 사라져 버렸다. 나는 말들이 더 이상 눈에 들어오지 않을 때까지 가만히 서서 지켜보았다. 녀석은 한 번도 속도를 늦추는 법이 없었다.

잭은 불평을 잔뜩 쏟아 내었다. 하지만 나는 이미 페이서의 힘차고 아름다운 모습에 푹 빠져 버렸기 때문에, 암말 모두를 잃는다 해도 녀석의 윤기 나는 가죽에 추호도 상처 따위를 내고 싶지 않았다.

야생마를 잡는 데는 몇 가지 방법이 있다. 그중 하나는 총알로 야생마의 목덜미를 스치게 해서 기절시키는 것이다.

"난 그런 식으로 해서 목뼈가 부러진 말을 수도 없이 봤어요. 하지만 총알이 스쳤다고 야생마가 정신을 잃는 것은 한 번도 본 적이 없네요."

조가 불퉁한 목소리로 한마디 던졌다.

가끔은 지형을 이용해서 무리를 우리 안으로 몰 수도 있다. 그 외에도 뛰어난 말타기 실력으로 녀석들을 추적해서 잡을 수도 있다. 뭐니 뭐니 해도 가장 흔한 방법은 녀석들을 장시간 달리게 해서 지치도록 만드는 것이다.

그 검정 야생마처럼 빨리 달리는 말은 일찍이 본 적이 없었다. 그래서인지 녀석의 명성은 꽤 널리 퍼져 있었다. 녀석의 걸음걸이와 속력, 호흡의 길이에 관한 희한한 소문들이 곳곳으로 퍼져 나갔다.

어느 날 '트라이앵글 바' 목장의 몽고메리 영감이 클레이튼의 웰즈 호텔로 찾아와서 녀석을 안전하게 화차 속으로 몰아넣어 주는 사람에게 1천 달러를 주겠다고 말했다. 그러자 수많은 목동들이 현재의 고용 계약이 끝나는 대로 현상금을 차지하러 가겠다고 다짐했다.

오래전부터 이런 기회가 찾아오리라 예상했던 조는 밤새도록 돌아다니며 사냥에 필요한 장비들을 부지런히 모아들였다. 더 이상 우물쭈물할 시간이 없었다. 이미 많은 빚을 지고 있는 데다, 친구들에게도 이만저만 신세를 지고 있는 게 아니었다.

마지막으로 친구들의 도움을 받아 길이 잘 든 말 스무 마리와 포장마차를 준비했다. 거기에 동료 찰리와 요리사가 함께하기로 했다. 곧 세 사람이 두 주 동안 사용할 물품들을 장만해서 원정대를 꾸렸다. 그들은 머지않아 그 야생마를 따라잡을 수 있으리라는 기대를 품고 야심만만하게 클레이튼을 떠났다.

사흘째 되던 날에 조 일행은 앤틸로프 샘에 도착했다. 그리고 정오 무렵에 검정말이 무리를 이끌고 물을 마시러 온 것을 보았다. 조는 야생마들이 물을 충분히 마실 때까지 숨어서 기다렸다. 물배를 잔뜩 채우고 나면 달리는 속도가 느려지기 때문이었다.

조는 말을 타고 슬그머니 앞으로 나갔다. 그걸 보고 깜짝 놀란 페이서는 곧장 무리를 이끌고 달아나다가 잡초가 무성한 남동쪽의 메사 쪽으로 모습을 감추었다. 조는 전속력으로 추적해 말의 위치를 파악한 후, 일행에게 남쪽의 앨라모사 건곡 쪽으로 가라고 지시했다.

그러고 나서 자신은 남동쪽으로 야생마들을 쫓아갔다. 3킬로미터쯤 달려가자 녀석들이 다시 눈에 잡혔다. 말을 몰아서 살그머니 다가가자, 녀석들은 또다시 깜짝 놀라 남쪽으로 내달았다. 이번에는 말들을 그대로 추격하지 않고, 녀석들이 지날 만한 길목으로 가로질러 달려갔다. 한 시간쯤 뒤, 예상대로 자못 가까운 위치에서 녀석들을 또 만나게 되었다.

조가 무리 쪽으로 다시 조용히 다가가자, 또 한 번 말들이 놀라서 도망가는 일이 벌어졌다. 오후가 다 지나도록 추격전은 계속되었다. 해질 무렵이 되자 조가 예상한 대로 앨라모사 건곡에서 그리 멀지 않은 곳에 이르렀다.

조는 다시금 말들에게 접근해 달아나게 만든 다음, 느긋하게

쉬고 있던 동료들에게로 다가갔다. 동료들은 생기 넘치는 말을 데리고 천천히 쫓아와 기다리고 있었다.

저녁 식사를 마치자마자, 조는 마차를 앨라모사 건곡 위쪽의 여울로 옮긴 후 그곳에서 밤을 보낼 채비를 했다. 그동안 찰리는 야생마 무리를 계속 쫓았다. 말들은 처음처럼 그렇게 멀리 달아나지는 않았다. 뒤쫓는 사람들이 별다른 공격을 해 오지 않는 데다, 쫓기는 일에도 어느 정도 익숙해졌기 때문이다.

해가 떨어져서 사방이 온통 어두컴컴했지만, 무리 속에 끼여 있는 새하얀 암말 덕분에 녀석들을 잃어버릴 염려는 딱히 없었다. 하늘에 뜬 초승달도 꽤 도움이 되었다. 찰리는 유령같이 하얀 암말을 표적으로 삼고 계속해서 쫓아갔다. 그러다 말들이 완전히 어둠 속에 묻혀 버리자, 말에서 내려 안장을 거둔 다음 담요 속으로 들어가 잠을 청했다.

다음 날 아침 햇살을 받으며 잠이 깬 그는 채 1킬로미터도 가지 않아서 야생마 무리를 발견했다. 이번에도 눈처럼 흰 암말 덕택이었다. 그가 가까이 가자 페이서는 날카로운 울음소리로 무리에게 비상사태를 알려서 빨리 도망가게 만들었다.

페이서는 첫 번째 메사에 멈춰 서서, 끈질기게 쫓아오는 자가 누구인지 알아보기 위해 뒤를 돌아보았다. 잠시 하늘을 뒤로하고 이쪽을 바라보더니, 궁금증이 다 풀렸다는 듯 활기차게 갈기를 휘날리며 다시 선두에 섰다. 그 뒤로 암말들이 줄지어 따라

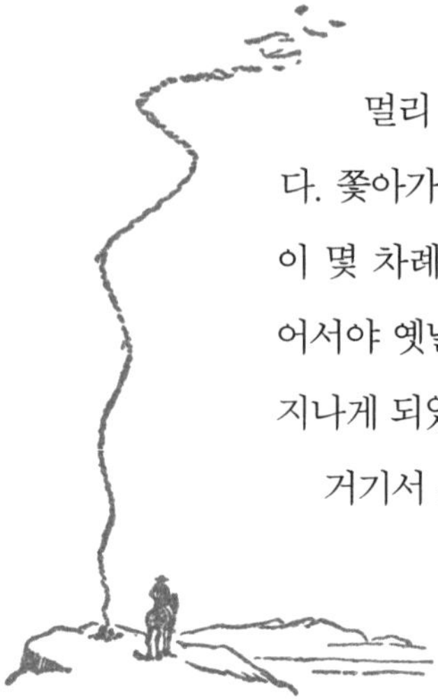

달렸다.

멀리 달아난 녀석들은 이제 서쪽으로 선회했다. 쫓아가면 도망가고, 또 쫓아가면 도망가는 일이 몇 차례나 반복되었다. 그러다 정오 무렵이 되어서야 옛날 아파치족이 망을 보던 버펄로 절벽을 지나게 되었다.

거기서 조가 망을 보고 있었다. 한 줄기 가느다란 연기가 기둥처럼 하늘로 피어올랐다. 캠프로 돌아오라는 신호였다. 찰리는 손전등을 반사해 응답했다.

이번에는 조가 새 말을 타고 추격전에 나섰다. 캠프로 돌아온 찰리는 배를 채우고 얼마간 휴식을 취한 후 강 상류 쪽으로 이동했다.

조는 그날 하루 종일 야생마들을 쫓아다녔는데, 그 무리가 마차를 중심으로 큰 원을 그리며 돌도록 만드는 데 성공했다. 해질 무렵에는 베르데 교차로로 와서 찰리가 준비한 새 말과 음식을 받은 다음 다시 끈질기게 추격을 했다. 밤이 이슥하도록 추격은 계속되었다.

야생마들은 자신들에게 아무런 해를 가하지 않는 이 추격자에게 점차 익숙해졌다. 그 덕분에 추격이 조금 수월해졌다. 더구나 녀석들은 쉬지 않고 달렸기 때문에 완전히 지쳐 있었다. 맛

좋은 풀이 그득한 초원에 있는 것도 아니었고, 자기들을 뒤쫓는 말들처럼 먹이를 충분히 공급받은 것도 아니었으니까.

그리고 무엇보다 계속해서 긴장 상태에 있지 않았던가. 식욕은 떨어지고 갈증은 심해졌다. 기회만 생기면 물을 마셔 댔다. 조는 일부러 가만히 내버려 두었다. 달리는 짐승이 물을 많이 마시면 어떻게 되는지 잘 알고 있었기 때문이다. 다리가 무거워지고 호흡이 가빠질 수밖에 없었다.

반면에 자신의 말에게는 그런 일이 생기지 않도록 각별히 조심했다. 그 덕분에 그날 밤 캠프로 돌아왔을 때 그의 말들은 오랫동안 야생마들을 추격하고서도 하나같이 생생한 모습이었다.

다음 날 새벽, 조는 야생마들이 매우 가까이 있는 것을 발견했다. 처음에는 제법 빠르게 달리는 듯했지만, 얼마 못 가서 거의 걷는 수준으로 속도가 떨어져 버렸다. 싸움은 이제 끝난 것이나 마찬가지였다. 야생마들을 쉴 새 없이 달리게 만들어서 나가떨어지게 하는 데는 이삼 일 동안이 고비일 듯했다.

그날 오전 내내 조는 녀석들을 바짝 뒤쫓았다. 10시쯤, 호세 봉우리 근처에서 찰리가 조와 교대해 주었다. 전날보다 기운이 부쩍 빠진 녀석들은 겨우 400미터가량을 앞서 달렸다. 녀석들은 좀 더 북쪽으로 올라갔다. 밤이 되자 찰리는 새 말로 갈아타고 다시 녀석들을 뒤쫓았다.

다음 날 야생마들은 머리를 아래로 푹 떨군 채 힘없이 걸어갔다. 페이서의 갖은 노력에도 불구하고 추격자들보다 겨우 100미터밖에는 앞서가지 못했다.

나흘째 날과 닷새째 날도 똑같았다. 이제 야생마들은 앤틸로프 샘으로 거의 되돌아와 있었다. 모든 것이 예상한 대로였다. 추격은 큰 원을 그리면서 계속되었다. 그 안쪽으로 마차가 좀 더 작은 원을 그리며 뒤따랐다. 야생마들은 지칠 대로 지쳐서 출발 지점으로 되돌아왔고, 새 말로 갈아탄 몰이꾼들은 여전히 힘이 넘쳤다.

조는 오후 늦게까지 야생마들에게 물 먹을 틈을 주지 않다가 앤틸로프 샘으로 몰아넣은 다음 물을 실컷 먹게 내버려 두었다. 지금이 바로 원기왕성한 말을 타고 다가가서 밧줄 던지기 솜씨를 멋들어지게 발휘할 때였다. 말이 갑자기 물을 많이 마시면 숨이 막히고 다리에 힘이 풀리기 때문에 밧줄을 던져 다리를 옭아매는 것이 한결 쉬웠다.

이 계획에 차질을 빚을 수 있는 건 바로 이번 사냥의 주 목표인 검정 야생마였다. 녀석의 다리는 마치 무쇠로라도 만들어진 양, 처음 추격을 받던 날의 속도로 계속해서 힘차고 빠르게 달렸다. 앞서거니 뒤서거니 하면서 무리에게 울음소리로 지시를 하기도 하고, 속도를 높였다 줄였다 하면서 연방 채근을 했다.

밤에 추격을 할 때 무리의 위치를 알게 했던 하얀 암말은 몇 시간 전에 떨어져 나갔다. 잡종 말들 역시 말을 타고 쫓아오는 사람들을 더 이상 경계하지 않을 만큼 지쳐 있었다. 이제 녀석들의 운명은 조의 손에 달린 것이나 진배없었다. 그러나 이번 사냥의 목표인 검정말만큼은 여전히 조의 손에 닿지 않았다.

그런데 여기서 알 수 없는 일이 일어났다. 조의 성격을 잘 알고 있는 사람들은 그가 불같이 화를 내며 검정말을 총으로 쏘아 고꾸라뜨린다 해도 전혀 놀라지 않았을 터이다. 그렇지만 조는 그럴 생각이 추호도 없었다. 지난 일주일 동안의 추격에서 녀석이 일정한 속력을 유지했을 뿐, 한 번도 전속력을 낸 적이 없다는 사실을 알고 있었다.

이 훌륭한 말에 대해 조 역시 감탄하고 있던 참이었다. 이제 그는 이 멋진 짐승에게 총질을 하는 것은 자신이 탈 수 있는 최고의 말을 죽이는 것이나 다름없다고까지 여기게 되었다. 심지어 현상금으로 걸린 돈을 두고서도 받아야 할지 말아야 할지 고민에 빠졌다. 이런 녀석은 경주용 말의 종마로 삼아도 꽤 큰 재산이 될 수 있을 듯해서였다.

그러나 아직 현상금을 받은 것은 아니었다. 사냥을 끝낼 때가 다가온 것뿐이었다. 조는 가장 좋은 말을 골라 탔다. 동부산 혈통이긴 하지만 평원에서 자란 암말이었다. 쓸데없는 호기심만 없었더라도 조의 손에 잡힐 일은 없었을 터였다.

이 지역에는 '로코'라는 독초가 자라고 있었다. 대부분의 가축들은 로코를 거들떠보지도 않지만, 그 풀을 먹고 중독이 되는 동물이 어쩌다 가끔씩 생기기도 했다. 모르핀과 비슷한 작용을 하기 때문에 한번 중독된 말은 그 풀에 집착하다가 결국은 미쳐서 죽게 되었다. 그래서 미친 동물을 보면 사람들은 로코에 중독되었다고 말하기도 했다.

조의 멋진 말은 이글거리는 야생의 눈빛을 하고 있었다. 로코에 중독되었다가 사로잡혔다는 걸 한눈에 짐작하게 했다. 어쨌든 날쌘 데다 힘도 무척 셌기에 조는 그 말로 추격의 대단원을 장식하기로 마음먹었다. 밧줄로 암말들을 잡는 것이 가장 손쉬운 방법이지만 더 이상 그럴 필요가 없었다. 암말들을 검정말에서 떼어 낸 다음, 우리 속으로 몰아넣는 것은 식은 죽 먹기나 다름없었다.

그러나 검정말은 여전히 야생의 힘을 잃지 않고 있었다. 훌륭한 적수에게 반해 버린 조는 호시탐탐 기회를 엿보며 계속 앞으로 달려 나갔다. 그는 올가미의 밧줄을 바닥에 던져 질질 끌면서 매듭을 모두 푼 다음, 돌돌 말아서 왼쪽 손으로 꽉 잡았다.

그리고 400미터쯤 앞에 있는 녀석을 향해 전속력으로 돌진했다. 검정말도 조도 모두 죽을힘을 다해 달렸다. 기진맥진한 암말들은 양쪽으로 흩어지며 길을 터 주었다. 원기왕성한 조의 말은 최고 속력을 내며 광활한 평원을 가로질렀다. 검정말 역시 활기찬 발놀림으로 계속 앞서 달려갔다.

조는 말에게 소리를 지르며 더욱 박차를 가했다. 그에 응답이라도 하는 것처럼 말이 나는 듯이 달렸다. 하지만 둘 사이의 거리는 단 1센티미터도 줄어들지 않았다. 검정말은 평지를 휘휘 돈 후 메사에 올랐다가 다시 모래투성이의 들판으로 내달렸다.

그다음엔 초원을 가로질러 달렸다. 프레리독들이 짖어 대다가 황급히 땅속으로 숨었다. 그러거나 말거나 페이서는 계속해서 앞서 나갔다. 조는 욕을 마구 퍼붓기 시작했다. 그러면서 말에게 또다시 박차를 가했다. 불쌍한 그의 말은 급기야 눈알이 빙글빙글 도는 지경에 이르렀다. 결국 머리를 이리저리 흔들어 대다가 그만 오소리 구멍에 발이 빠져 버렸다.

그 바람에 조는 바닥에 곤두박질을 치고 말았다. 심한 타박상을 입었지만 다시 일어서서 그 미친 말 위로 올라타려 했다. 그런데 불행하게도 녀석은 앞발이 부러진 채 축 늘어져 있었다.

그 상황에서 할 수 있는 일은 단 하나뿐이었다. 조는 말안장을 풀어서 녀석의 고통을 덜어 준 다음 터덜터덜 걸어서 캠프로 돌아왔다. 그사이에 검정말은 어디로 갔는지 아예 보이지 않았다.

그렇다고 이번 작전이 완전히 실패한 것은 아니었다. 암말을 전부 손에 넣었기 때문이다. 조와 찰리는 암말들을 '엘 크로스 에프' 목장으로 몰고 가서 현상금을 받았다.

조는 그것과 상관없이 그 야생마를 꼭 잡고 싶었다. 이번 일로 얼마나 뛰어난 말인지 분명히 알게 되자, 이전보다 훨씬 더 욕심이 났다. 어떻게 하면 그 검정말을 잡을 수 있을지, 오래오래 고민에 고민을 거듭했다.

이 원정대의 요리사는 토마스 베이츠였다. 그는 편지나 송금된 돈을 찾으러 정기적으로 우체국에 가곤 했다. 하지만 실제로 그런 것을 받은 적은 한 번도 없었다.

목동들은 소에 찍힌 낙인을 보고 그를 '칠면조 발자국' 영감이라고 불렀다. 그는 덴버에 '칠면조 발자국'이란 이름으로 가축의 낙인을 등록해 놓았으며, 북쪽 어딘가의 평원에 자기 낙인이 찍힌 소와 말이 굉장히 많이 있다고 했다.

조한테서 야생마 무리를 잡는 원정대에 함께하자는 제안을 받았을 때, 칠면조 발자국 영감은 한 마리에 12달러도 못 받을 말을 뭣에 쓰냐며 핀잔을 주었다. 하지만 그는 결국 그 보잘것없는 임금을 선택했다.

그 검정 야생마를 한 번 본 사람은 누구든 잡고 싶다는 생각을 떨쳐 버리지 못했다. 칠면조 발자국 영감 역시 다른 사람들처럼 마음에 변화가 급격히 일었다. 그는 당장 녀석을 자기 것으로 만들고 싶어서 안달이 났다. 그러나 마땅한 방법이 떠오르지 않았다.

그런데 어느 날, 자기 소에다 '말편자'라는 낙인을 찍기 때문에 말편자 빌리라 불리는 빌 스미스가 목장으로 찾아왔다. 싱싱한 쇠고기와 빵, 질 나쁜 커피, 말린 복숭아, 당밀 등이 차려진 식탁 앞에서 빌리가 빵을 입안에 욱여넣으며 말했다.

"오늘 그 검정말을 봤지 뭐야. 그것도 꼬리를 잡을 수 있을 만큼 가까이에서."

"진짜? 설마 녀석을 총으로 쏘진 않았겠지?"

"응, 하지만 거의 쏠 뻔했지."

그러자 탁자 건너편에 앉아 있던 '더블 바 에이치'의 목동이 말했다.

"그런 바보짓은 하면 안 되지. 이 달 안에 녀석에게 내 낙인을 꼭 찍을 거거든."

"서둘러야 할걸. 그렇지 않으면 내가 먼저 '삼각점' 낙인을 찍을지도 모르니까."

"근데 녀석을 어디서 봤는데?"

"글쎄, 그게 말야. 그때 앤틸로프 샘 근처의 초원을 달리고 있었거든. 그런데 골풀 지대 안의 말라 비틀어진 진흙 위로 덩어리 같은 게 보이는 거야. 전에는 그런 걸 본 적이 없어서 오리인 줄 알고 다가가 보았지. 세상에, 말이 드러누워 있지 뭐야. 좀 더 가까이 가 보았더니 글쎄, 그 검정말이었어. 언뜻 죽은 것 같아 보였지. 그런데 몸이 부은 것도 아닌 데다 상처 하나 없더라고.

녀석이 파리를 쫓으려고 귀를 실룩거릴 때까지만 해도 왜 그러고 있는지 몰랐어. 나중에 보니까 자고 있었던 거야. 나는 얼른 밧줄을 꺼내 올가미를 만들었지. 그런데 그게 하필이면 다 낡

아빠진 밧줄이지 뭐야. 뱃대끈(안장을 지울 적에 말이나 소의 배에 걸쳐서 조르는 줄)도 외가닥이었고. 내가 탄 말은 조랑말이라서 300킬로그램밖에 안 나가는데, 그 야생마는 550킬로그램은 너끈히 되어 보이더라고. 그래서 혼자 곰곰이 생각했지.

'끌어당겨 봐야 소용없겠군. 뱃대끈만 끊어질 테고……. 되레 내가 안장에서 나자빠지겠는걸.'

그래서 올가미로 안장의 앞머리를 철썩 쳤지. 그러자 녀석이 공중으로 2미터쯤 펄쩍 뛰어올라서는 기관차처럼 쿵쿵거렸어. 곧이어 눈탱이가 불룩 튀어나오더니 캘리포니아 쪽으로 휙 달아나더라고. 계속 그렇게 달렸다면 지금쯤엔 도착을 했겠지. 엄청난 속도였거든."

사실 그의 이야기는 딱히 일관성이 있지는 않았다. 그때그때의 관심사에 따라 이야기의 맥이 끊어지기도 했고, 시시때때로 여자 이야기가 끼어들기도 했다. 빌리가 부끄러움을 전혀 느끼지 않는 젊고 건장한 청년이어서 그랬는지도 모르겠다.

어쨌든 빌리를 신뢰했기에 그의 말도 믿었다. 칠면조 발자국 영감이 가장 깊이 생각에 잠긴 듯했다. 그 순간, 머릿속에 뭔가 새로운 생각이 떠오른 것 같기도 했다.

저녁 식사가 끝난 후, 파이프 담배를 피우면서 줄곧 생각에 골몰해 있던 칠면조 발자국 영감은 이 일을 혼자서는 할 수 없다는 결론을 내렸다. 그래서 빌리를 끌어들여 함께 일을 도모하기로 결정했다. 검정말을 사로잡아 화차에 가두는 일에 걸린 현상금이 이제 오천 달러로 늘어나 있었다.

검정말은 여전히 앤틸로프 샘으로 물을 마시러 왔다. 물은 조금밖에 나오지 않았고, 사초와 샘 사이에는 진흙땅이 넓게 띠를 이루었다. 이 진흙땅에는 꼭 두 군데에만 발자국이 찍혀 있었는데, 동물들이 물을 마시러 오갈 때 만들어진 것이었다. 뿔 달린 소 떼는 한 치의 망설임도 없이 지름길로 지나다녔지만, 말을 포함한 야생 동물들은 꼭 이 길만 이용했다.

발자국이 가장 많이 나 있는 곳에서 두 남자가 작업을 하기 시작했다. 삽으로 세로 4.5미터, 가로 1.8미터, 깊이 2미터짜리의 구덩이를 팠다. 야생마가 물을 마시러 오기 전에 끝마쳐야 했는데, 구덩이를 다 파기도 전에 온몸이 땀으로 흠뻑 젖었다. 그들은 구덩이를 다 판 다음 나뭇가지와 흙으로 감쪽같이 가려 놓았다. 그리고 멀찍이 떨어진 곳에 따로 파 놓은 구덩이로 들어가 몸을 숨겼다.

정오쯤 되어서야 페이서가 나타났다. 암말 무리가 모두 잡힌 탓에 이제는 혼자였다. 진흙땅 저쪽은 동물들이 거의 이용하지 않는 길이었다. 칠면조 발자국 영감은 검정말이 전혀 엉뚱한 길로 가겠다고 변덕만 부리지 않는다면 당연히 이쪽 길로 오리라고 확신했다. 이쪽에는 신선한 골풀까지 던져 놓았다.

그런데 어떤 잠 못 이루는 천사가 이 야생 동물을 지켜 주고 있는 것일까? 페이서는 늘 오가던 길을 버리고 다른 길을 선택했다. 골풀도 녀석의 발걸음을 세우지 못했다. 페이서는 곧 조용히 물가로 걸어가서 물을 마셨다. 완벽한 패배를 막을 수 있는 길은 딱 하나뿐이었다.

페이서가 두 번째로 물을 마시려고 머리를 숙였을 때, 칠면조 발자국 영감과 빌리는 재빨리 구덩이에서 나와 녀석의 뒤쪽으로 달려갔다. 녀석이 잘생긴 머리를 번쩍 치켜들자, 빌리가 뒤에서 땅바닥에다 연발식 권총을 쏘았다.

검정 야생마는 구덩이 쪽으로 곧장 달아났다. 잠시 후면 구덩이에 빠질 수밖에 없었다. 녀석은 이미 그쪽 길로 들어서 있었다. 두 사람은 녀석을 다 잡은 것이나 마찬가지라고 생각했다.

그러나 녀석은 야생 동물의 수호천사에게 신호라도 받았는지, 4미터가 넘는 거리를 훌쩍 뛰어넘어 쏜살같이 사라져 버렸다. 그 뒤로는 앤틸로프 샘을 두 번 다시 찾지 않았다.

조는 결코 끈기가 모자란 사람이 아니었다. 다른 사람들도 같은 목적을 가지고 갖은 애를 다 쓰고 있다는 사실을 잘 알고 있었다. 그래서 한 번도 시도해 보지 않은 최고의 계획, 즉 코요테가 자기보다 빠른 멧토끼를 잡을 때에 쓰거나 말을 탄 인디언들이 자신들보다 날쌘 영양을 잡을 때 쓰는 방법을 시도해 보기로 했다. 말하자면 번갈아 가면서 쫓는 고전적인 수법이었다.

남쪽의 캐나디안 강과 그 지류인 북동쪽의 피나베티토스 건곡, 그리고 서쪽으로 유트크리크 협곡이 있는 돈 카를로스 언덕이 만들어 내는 100킬로미터의 삼각 지대가 페이서의 활동 무대였다. 녀석은 이 일대 밖으로는 벗어나는 법이 없으며, 주요 활동 무대는 앤틸로프 샘으로 알려져 있었다. 조는 검정말이 지나다니는 길은 물론, 물웅덩이나 협곡의 교차로까지 하나도 놓치지 않고 두루 꿰고 있었다.

좋은 말이 50마리 있었더라면 요소요소마다 배치해 놓고 길목을 지킬 수 있었을 테지만, 그가 이용할 수 있는 것이라고는 20마리의 말과 뛰어난 목동 다섯 명이 전부였다.

이 주일 전부터 여물을 잘 먹여서 준비한 말들을 먼저 보냈다. 대원들은 각자의 역할을 지시받고 정해진 위치로 갔다. 다음 날, 조는 마차를 타고 앤틸로프 샘이 있는 들판으로 가서 일부러 멀리 떨어진 골짜기에 캠프를 쳤다.

마침내 녀석이 모습을 나타냈다. 석탄처럼 시꺼먼 녀석은 언제나처럼 남쪽의 모래 언덕에서 홀로 나타나 샘 쪽으로 걸어 내려왔다. 혹시 적이 숨어 있지나 않은지 확인하려는 듯, 코를 씰룩이며 주위를 한 바퀴 돌았다. 그러고 나서 아무 발자국도 없는 곳으로 걸어가 물을 마셨다.

조는 그것을 보면서 녀석이 물을 많이 마시기를 바랐다. 녀석이 풀밭 쪽으로 몸을 돌리자, 조는 자기 말에 재빨리 박차를 가했다. 페이서는 말발굽 소리가 들리자 가까이 갈 틈도 없이 잽싸게 달아나 버렸다. 녀석은 들판을 지나 남쪽으로 내달렸다. 추격자와 점점 더 거리가 벌어지는 예의 그 유명한 주법이었다.

녀석은 이제 모래 언덕을 빠져나와 이전의 속도를 되찾았다. 반면에 조를 등에 태운 말은 모래밭에 구절(발굽 위쪽 후방의 관절)이 깊이 박히는 바람에 제대로 뛸 수가 없었다. 얼마 후 평지로 나와 속도를 내긴 했지만, 곧장 비탈길이 나오는 바람에 점점 더 허덕이게 되었다.

조는 채찍을 휘두르며 더욱 박차를 가했다. 1킬로미터, 또 1킬로미터……. 마침내 저 멀리 아리바 계곡의 큰 바위가 보였다. 그곳에서 대기하고 있던 기운찬 말로 갈아타고서 계속해서 달려갔다. 그러나 저 들판 너머의 칠흑 같이 시꺼먼 수말은 앞에서 불어오는 산들바람을 맞으며 점점 더 속도를 내었다.

마침내 아리바 계곡에 도착하자 파수꾼이 옆으로 비켜섰다. 추격의 방향을 돌리고 싶지 않았기 때문이다. 말은 아래로 내려와서 단숨에 반대편 비탈길로 올라갔다.

이윽고 조가 탄 말이 지쳐서 거품을 물기 시작했다. 조는 말에서 얼른 뛰어내려 다른 말에 올라탔다. 그리고 다시 녀석을 쫓았다. 박차를 가해 쫓고 또 쫓았지만 단 한 발자국도 거리가 좁혀지지 않았다.

달그닥, 달그닥! 새 말은 일정한 속도로 달려 나갔다. 한 시간,

검정 야생마 페이서가 사냥꾼을 피해 빠른 속도로 달리고 있다.

한 시간, 또 한 시간이 지나갔다. 기운이 펄펄한 새 말이 대기 중인 앨라모사 건곡이 눈에 들어오자, 조는 말에게 계속 달리라고 다그쳤다. 이랴, 이랴!

검정 야생마는 그곳까지 똑바로 달려갔다. 그러나 건곡을 3킬로미터쯤 남겨 두고 뭔가 불길한 느낌이 들었던지 갑자기 왼쪽으로 방향을 틀었다. 이러다가는 녀석을 놓치겠다는 생각이 들자, 조는 이미 지칠 대로 지쳐 있는 말에 더욱더 박차를 가했다.

말은 힘겹게 발을 뗄 때마다 숨이 턱으로 차올라 연신 헐떡거렸다. 마침내 지름길로 곧장 질러 가서 검정말에게 접근한 조는 총을 꺼낸 뒤 땅에다 두 발을 쏘아 먼지를 일으켰다. 그러자 녀석은 오른쪽으로 방향을 틀어서 냅다 달리기 시작했다.

그들은 건곡으로 내려갔다. 페이서는 계속해서 달렸지만, 조는 말에서 내렸다. 이미 45킬로미터나 쉬지 않고 달린 탓에 말이 잔뜩 지쳐 있었다. 조 역시 기운이 다 빠진 상태였다. 뿌옇게 떠다니는 먼지 때문에 눈이 따끔따끔했다. 그는 칠면조 발자국 영감에게 가서 녀석을 앨라모사 건곡 쪽으로 몰고 가라고 손짓했다.

새로운 기수가 기운이 펄펄한 새 말을 타고 완만하게 굽이진 들판을 오르내리며 달려 나가자, 페이서의 몸은 비지땀으로 허옇게 얼룩이 졌다. 들썩들썩하는 갈비뼈와 거친 숨소리가 녀석이 얼마나 지쳐 있는지를 처절하게 말해 주고 있었다. 하지만 녀석은 계속해서 달렸다.

자신의 말 진저를 탄 톰은 얼마간 거리를 좁히는 듯했지만, 이내 놓치고 쫓기를 계속하다가 한 시간이 지나서야 앨라모사 건곡의 긴 내리막길에 이르렀다. 거기서 다시 새로운 목동이 이어받아 서쪽으로 향했다. 프레리독의 서식처를 지나 잡초와 선인장이 무수히 자라고 있는 풀숲에서 가시에 찔리고 발이 꺾이면서도 계속 달렸다.

검정 야생마는 이제 온몸이 땀과 먼지로 뒤덮여 갈색이 되었다. 그런데도 변함없이 같은 속도를 유지했다. 녀석을 쫓던 캐링턴은 출발할 때 말을 밀치는 바람에 약간의 상처를 입었다. 하지만 말이 가기 꺼려 하는 가파른 협곡을 가로질러야 하기 때문에 연방 재촉하지 않을 수 없었다. 그런데 어느 순간, 말이 발을 헛딛는 바람에 바닥으로 넘어지고 말았다.

다행히 목동은 무사했지만, 말은 그대로 나자빠져 버렸다. 검정말은 계속 달려 나갔다. 마침 조는 그곳에서 가까운 갈리고 영감의 목장에서 원기를 되찾고는 막 들판을 가로질러 추격하려던 참이었다. 결국 삼십 분이 채 지나지 않아서 야생마의 발자국을 쫓아 다시 질주하기 시작했다.

멀리 서쪽으로 새 사람과 새 말이 대기하고 있는 카를로스 언덕이 보였다. 조는 거기서 방향을 틀어 볼 셈이었는데, 타고난 경계심이 발동했는지 야생마가 갑자기 다른 쪽으로 획 돌아섰다.

녀석은 북쪽으로 쏜살같이 달려 나갔다. 능숙한 목동인 조는 소리를 지르며 바닥에 총을 쏘아 먼지를 일으켰다. 하지만 검정 야생마는 유성처럼 유유히 협곡을 달려 내려갔다. 조는 그저 뒤 쫓기에 바빴다. 이어서 가장 어려운 구간이 나타났다. 야생마에게도 가혹했지만, 자신의 말에게도 가혹하기는 마찬가지였다.

조는 메마른 들판에 뜨겁게 햇살이 쏟아져 눈이 침침해진 데다, 눈과 입술이 모래와 소금으로 얼얼했다. 하지만 추격의 고삐를 늦추지 않았다. 이 대결에서 이기려면 야생마를 빅 아로요 교차로로 몰고 가야 했다.

드디어 녀석에게서도 지친 기색이 보였다. 녀석의 갈기와 꼬리는 이제 그리 높이 올라가 있지 않았다. 800미터쯤 앞서가던 거리도 반으로 줄어들었다. 하지만 녀석은 변함없이 앞장서서 달리고 또 달렸다.

한 시간, 그리고 또 한 시간이 지난 뒤에도 검정말과 조는 일정한 간격을 유지한 채 달려가고 있었다. 그들은 또다시 방향을 틀었다. 빅 아로요 교차로의 개울에 당도했을 때는 해가 기울고 있었다. 꼬박 30킬로미터를 달린 셈이었다. 조는 얼른 대기 중인 말로 갈아탔다. 조가 내버린 말은 헐떡거리며 개울로 가서는 물을 퍼마신 뒤 그대로 죽어 버렸다.

그때 조는 거품을 내뿜고 있는 저 검정말도 물을 마시리라고 기대하며 추격을 멈추었다. 그러나 녀석은 영리했다. 단 한 모금의 물만 쭉 들이킨 후, 철벅철벅 개울을 건너 재빠르게 달렸다.

녀석과 마지막으로 마주쳤을 때는 조금밖에 앞서 있지 않았다. 조의 말이 녀석 뒤에 바짝 따라붙었다.

조가 걸어서 캠프로 돌아온 건 아침이 다 되어서였다. 상황을 간단히 요약하면 이랬다. 여덟 마리의 말이 죽었고, 다섯 명의 목동이 녹초가 되었으며, 적수가 없는 그 야생마는 여전히 안전하고 자유로웠다.

"도저히 안 되겠어. 나로서는 어쩔 수 없군. 기회가 있을 때 녀석의 배에다 구멍이나 내놓는 건데……. 억울해 죽겠는걸."

조는 이렇게 투덜거리며 두 손을 들어 버렸다.

칠면조 발자국 영감은 이 사냥에 요리사로 참가했다. 그는 어느 누구보다 흥미롭게 추격전을 지켜보았다. 하지만 모든 것이 실패로 끝났을 때, 큰돈이 걸린 녀석에 대한 분노로 이를 바드득 바드득 갈았다.

"녀석은 내 거야. 내가 바보만 아니라면 말이지."

그러고 나서 습관처럼 성서를 뒤적이며 녀석에게 계속 욕을 퍼부었다.

"팔레스타인 사람들이 삼손을 어떻게 무너뜨렸는 줄 아나? 타고난 약점을 이용했기 때문이지. 그리고 아담은 우리가 아는 사소한 실수 때문에 아직도 에덴을 방황하고 있잖아? 흥, 단돈 오천 달러로 그 말을 달라고?"

여러 사람에게 시달림을 당한 검정 야생마는 전보다 더 사나워졌다. 그래도 녀석은 앤틸로프 샘을 떠나지 않았다. 그 샘은 마음놓고 물을 마실 수 있는 유일한 곳이었으니까. 사방 1.5킬로미터 안에 사냥꾼이 숨을 만한 곳이 단 한 군데도 없기 때문이기도 했다. 페이서는 정오 무렵이면 거의 매일 이곳에 나타나 주위를 살핀 후 물을 마셨다.

자기를 따르던 암말들이 잡혀 간 후로는 겨우내 줄곧 외롭게 지냈다. 칠면조 발자국 영감은 그 사실을 잘 알고 있었다. 친구 중에 작고 멋진 갈색 암말을 가진 사람이 있었는데, 바로 그 말이 자신의 목적을 이룰 수 있도록 도와주리라고 확신했다. 그는 튼튼한 밧줄 두 개와 삽, 올가미, 그리고 말뚝을 챙긴 다음 그 암말을 타고 앤틸로프 샘으로 향했다.

그의 앞으로 영양 몇 마리가 이른 새벽의 상쾌한 공기를 가르며 들판을 미끄러지듯이 스쳐 지나갔다. 소 떼가 무리지어 여기저기 누워 있었고, 종달새의 높고 감미로운 노랫소리가 사방에서 들려왔다. 눈이 내리지 않는 맑은 겨울이 지나고, 들판에는 이제 봄이 코앞에 와 있었다. 초원이 푸른빛으로 물들면서 온 자연이 사랑으로 가득 채워지는 것 같아 보였다.

작은 갈색 암말 샐리를 풀밭에 풀어 주자, 이따금씩 코를 씰룩이며 히이힝, 하고 길게 울었다. 마치 사랑의 노래라도 부르는 것처럼.

칠면조 발자국 영감은 바람이 부는 방향과 땅의 생김새를 세심하게 조사했다. 그곳에는 전에 그가 힘들여 파 놓은 구덩이가 아직도 있었는데, 프레리독과 쥐가 빠져 죽은 탓에 매우 역한 냄새를 풍겼다.

동물들이 샘으로 오가는 사이에 새 길이 만들어져 있었다. 그는 사초 덤불에 말뚝을 깊이 박은 후, 몸을 숨길 수 있을 정도의 구덩이를 팠다. 그리고 그 안에다 담요를 넓게 펴 놓았다.

그는 암말이 움직이기 힘들 정도로 밧줄을 바투 맸다. 그러고 나서 그 사이에 올가미를 놓았는데, 올가미의 끝이 말뚝 있는 데까지 오도록 한 다음, 모래와 풀로 가려 두었다. 칠면조 발자국 영감은 구덩이에 들어가 몸을 숨겼다.

오랜 기다림 끝에 저 멀리 서쪽 고지대에서 암말의 울음소리에 대답하는 또 다른 울음소리가 들려왔다. 검정말 페이서의 울음소리였다.

이윽고 파란 하늘을 배경으로 그 유명한 야생마가 늠름하게 서 있었다. 녀석은 한걸음에 달려 내려왔지만, 그동안 숱하게 추적을 받아 온 탓인지 무척 조심스럽게 움직였다. 녀석은 발걸음을 멈추고 울음소리를 내다가 가슴을 울리는 듯한 응답을 얻었다. 좀 더 가까이 다가가자 암말이 다시 한 번 녀석을 불렀다. 페이서는 경계심을 풀지 않고 적의 냄새가 나지 않는지 확인하기 위해 둥글게 원을 그리며 돌았다.

뭔가를 의심하는 듯한 눈치였다. 어쩌면 수호천사가 "가면 안 돼."라고 귓가에다 속삭이고 있는지도 몰랐다. 그러나 갈색 암말이 다시 녀석을 불렀다. 녀석은 근처를 맴돌며 한 번 더 울음소리를 냈다. 암말이 또다시 대답하자 그제야 두려움을 떨친 듯했다.

녀석의 가슴은 불타고 있었다. 껑충거리며 다가가더니, 코끝으로 샐리의 코를 문질렀다. 암말이 자신이 하는 대로 잘 받아주자 위험하다는 생각을 까맣게 잊고서, 정복의 기쁨에 들떠 주위를 껑충껑충 뛰어다녔다.

그러다 뒷발이 올가미 줄로 만들어 놓은 사악한 구렁텅이로 빠지고 말았다. 바로 그 순간, 올가미가 확 잡아채지면서 고리가 조여졌다. 드디어 녀석이 잡힌 것이었다.

페이서가 겁에 질린 나머지 콧김을 세게 내뿜으며 공중으로 풀쩍 뛰어오르는 바람에 올가미가 더 바짝 조여졌다. 곧이어 또 다른 올가미가 둥그렇게 원을 그리며 휙 날아가더니, 녀석의 튼튼한 발굽을 뱀처럼 휘감았다.

잠시 동안 공포에 질린 녀석의 힘이 배가되었지만, 올가미가 명중하는 바람에 금세 무기력한 포로가 되고 말았다. 칠면조 발자국 영감은 이 대단한 동물을 사로잡는 일을 마무리지으려 구덩이에서 뛰어나왔다.

그때 검정 야생마의 엄청난 힘이 이 조그맣고 늙은 남자의 기지에 비하면 아무것도 아니라는 것이 증명되었다. 거대한 야생마는 콧김을 내뿜으며 필사적인 도약을 시도했다. 하지만 모든 노력이 허사로 돌아갔다. 올가미의 밧줄이 너무나도 튼튼했다.

그때 또 다른 올가미가 날아가 녀석의 앞발에 정확하게 걸렸다. 이어서 능숙한 손놀림으로 녀석의 두 발을 옭아맸다. 길길이 날뛰던 검정말은 순식간에 땅 위로 픽 쓰러졌다. 녀석은 지칠 때까지 발버둥을 치다가 발작적으로 흐느끼듯 히힝거렸다. 그때마다 눈물이 뺨을 타고 흘러내렸다.

옆에서 녀석을 지켜보던 칠면조 발자국 영감에게 갑자기 이상한 감정의 변화가 일어났다. 머리에서 발끝까지 심한 전율이 느껴졌던 것이다. 수송아지를 밧줄로 잡는 일에 처음으로 성공한 후로 한 번도 맛보지 못했던 느낌이었다. 그는 이 굉장한 짐승을 한동안 우두커니 바라보았다.

그러나 그런 느낌은 금방 사라졌다. 그는 샐리의 등에 안장을 얹은 후 두 번째 올가미를 거두었다. 그리고 아직도 밧줄에 다리가 묶여 있는 커다란 야생마의 목에 밧줄을 건 다음 암말을 출발시켰다.

이제 녀석이 자기 차지가 되었다고 확신한 그는 올가미의 밧줄을 풀려고 했다. 그런데 바로 그 순간, 불현듯 뭔가가 생각나는 바람에 동작을 멈추었다. 가장 중요한 것을 준비해 오지 않았다는 사실을 깨달았다. 서부의 법에 따르면, 야생마는 낙인을 가장 먼저 찍는 사람이 소유하게 되어 있었다. 그런데 낙인 도장이

있는 곳은 30킬로미터나 떨어져 있었다.

칠면조 발자국 영감은 샐리에게 다가가, 발굽을 하나씩 들어 올려서 말편자를 살펴보았다. 됐어! 마침 하나가 약간 헐렁했다. 그는 삽으로 그것을 밀쳐 올려서 벗겨 냈다. 들판에는 물소의 마른 똥과 그 비슷한 연료들이 지천이어서 불을 피우는 일은 간단했다.

그는 곧 말편자의 한쪽을 새빨갛게 달군 후, 자신의 낙인인 '칠면조 발자국'을 대충 그려 넣었다. 그러고는 그것을 양말로 감싼 후, 무기력해진 야생마의 왼쪽 어깨에 내리눌렀다.

생애 최초로 자신의 낙인이 사용되는 순간이었다. 야생마는 뜨거운 쇠가 살갗을 지지자 온몸을 바르르 떨었다. 하지만 일은 순식간에 끝이 났다.

이제 녀석을 캠프로 데려가는 일만 남았다. 밧줄이 풀리고 몸이 자유로워지자, 페이서는 풀려났다고 생각했는지 펄쩍 뛰어올랐다. 하지만 한 발을 땅에 디디자마자 바로 쓰러지고 말았다. 녀석의 앞발은 꽁꽁 묶여 있어서, 할 수 있는 일이라곤 발을 질질 끌면서 걷거나 얼마간 뛰어오르는 것뿐이었다. 그래서 도망을 치려 할 때마다 채 몇 미터도 못 가서 쓰러지고 말았다.

작지만 날렵한 말을 탄 칠면조 발자국 영감은 녀석의 진로를 자꾸만 방해했다. 말을 세게 몰기도 하고 천천히 몰기도 하면서 흥분해 있는 포로를 피나베티토스 협곡으로 힘겹게 끌고 갔다. 페이서가 움직이려고도, 포기하려고도 하지 않았기 때문이다.

공포 때문인지, 분노 때문인지, 그것도 아니면 미칠 것 같은 속박 때문인지 녀석은 연거푸 콧김을 내뿜으며 달아나려고 무진장 애를 썼다. 그것은 길고도 잔인한 싸움이었다. 윤기 나는 녀석의 몸은 거무튀튀한 땀방울과 피로 범벅이 되었다. 땅바닥에 무수히 넘어진 데다, 하루 종일 쫓겨 다닌 탓에 피로가 한꺼번에 몰려들었던 것이다.

숨을 쉴 때마다 콧물에서는 피가 반쯤 섞여 나왔다. 그런데도 잔인하고 냉정한 포획자는 폭군처럼 녀석을 계속 전진시켰다. 발자국을 뗄 때마다 실랑이를 벌이며 협곡으로 향했다. 얼마 후, 그들은 검은 야생마가 예전에 다니던 길 가운데서 북쪽 맨 끝 지점인 협곡의 교차로에 도착했다.

여기서부터 가축 우리와 목장이 보이기 시작했다. 칠면조 발자국 영감은 기쁨에 차 있었으나 야생마는 한 번 더 필사적인 탈출을 위해 남아 있는 힘을 그러모았다. 녀석은 가던 길을 벗어나 풀이 많이 난 비탈길로 올라갔다.

칠면조 발자국 영감은 채찍질을 하면서 공중으로 총을 발사했다. 하지만 광분한 말의 방향을 바꾸는 것은 허사였다. 위로 풀쩍 뛰어올라 마침내 깎아지른 듯한 절벽까지 올라간 녀석은 갑자기 허공으로 튀어올랐다.

아래로 아래로……. 그렇게 60미터를 떨어지더니 바위에 부딪혀 그만 목숨을 잃고 말았다. 그리고 페이서는 온전히 자유의 몸이 되었다.

두 얼굴의 양치기 개, 울리

울리는 작은 누렁이였다. 누렁이란 단순히 피부를 덮고 있는 털이 누런색인 개를 말하는 것이 아니다. 잡종 중에서도 가장 많은 종의 피가 섞인 탓에 그 어떤 개들과도 닮지 않았다.

누렁이는 품종이라고 보기는 어렵지만, 족보를 자랑하는 그 어떤 품종보다 더 오래된 개이다. 왜냐하면 이 개는 모든 개의 조상격이라 할 수 있는 황금자칼을 복원하려는 자연의 시도가 만들어 낸 품종이기 때문이다.

사실 황금자칼의 학명인 카니스 아우레우스(*Canis aureus*)를 그대로 풀이하면 '누런 개'이다. 황금자칼의 특징은 길들여진 개들에게서도 종종 발견된다. 우리가 주변에서 흔히 볼 수 있는 잡종 개들과 별반 차이가 없다는 뜻이다.

잡종 개들은 그 어떠한 '순종'들보다 영리하고, 활달하고, 튼튼하다. 살아가면서 부딪히게 되는 치열한 생존 경쟁에서 똘똘

하게 대처할 수 있는 능력을 몇 배 더 갖추고 있는 셈이다.

만약 누렁이와 그레이하운드, 불도그가 무인도에 버려진다면 어느 개가 육 개월 후까지 무사히 살아남아 있을까? 물어볼 것도 없이 우리가 업신여기는 누런 똥개이다. 녀석은 그레이하운드만큼 빠르지는 못하지만, 그레이하운드처럼 폐병이나 피부병에 걸리는 일이 없다. 또 불도그처럼 힘이 세거나 용맹스럽지는 않지만, 그보다 천 배쯤은 나은 '상식'이라는 것을 가지고 있다.

만약 개의 세계가 인간에 의해 좌지우지되지 않았다면 개들은 누런 잡종만 낳았을지도 모른다. 결국엔 그 개만이 유일한 승자로 살아남았을 것이다.

여기서 누렁이는 황금자칼을 복원한 것이라고 보면 된다. 귀가 쫑긋한 누렁이가 대표적이다. 귀를 보면 대번에 알아볼 수 있다. 영리하고 용감해서 늑대처럼 거칠게 덤벼들어 물 줄도 안다. 녀석에게는 야생의 기질이 뚜렷이 살아 있는데, 한 가지 아쉬운 건 힘겨운 일이 닥치면 여지없이 배반 행위를 저지른다는 사실이다.

울리는 체비엇의 구릉 지대에서 태어났다. 한배에서 난 새끼들 가운데 울리 외에도 한 마리가 더 같이 자랐다. 녀석이 근방에서 빼어나기로 소문난 개를 닮은 데다, 노랗고 앙증맞아서 꽤 귀염성 있게 생겼기 때문이다.

어릴 적에 울리는 양치기 개로 키워졌는데, 경험이 많은 콜리가 훈련을 시켰다. 그리고 지능 면에서 이 개들보다 딱히 낫다고 하기 어려운 늙은 양치기 로빈 영감이 함께 지냈다.

두 살 무렵, 몸이 훌쩍 자란 울리는 양치기 개로서의 훈련 과정을 모두 끝냈다. 녀석은 뿔의 생김새만 보고도 숫양인지 암양인지 단박에 구별해 냈다. 뿐만 아니라 발굽만 보고도 어른 양과 어린 양을 가려내었다. 로빈 영감은 종종 양 떼를 녀석이 지키도록 내버려 둔 채 선술집에서 밤을 지샐 정도로 이 양치기 개의 영리함을 신뢰했다.

훈련을 잘 받은 작고 영리한 이 개는 미래가 꽤 촉망되는 녀석이었다. 그렇다고 녀석이 로빈 영감을 어리석다고 깔보는 일도 없었다. 로빈 영감은 늘 술에 취해 있는 데다 마음이 좁다는 단점이 있었지만, 울리에게 심하게 대하는 일은 거의 없었다. 울리 또한 이 세상에서 가장 위대하고 현명한 사람조차도 누리기 힘든 존경심을 로빈 영감에게 내보였다.

울리는 이 세상에 로빈 영감보다 더 훌륭한 사람이 있다는 건 상상조차 할 수 없었다. 그때 로빈 영감은 울리가 지키고 있는 가축의 실제 주인에게 일주일에 5실링씩을 받으며 목장 일을 봐주고 있었다.

목장 주인은 이웃의 다른 지주들에 비해 그리 큰 부자 축에는 들지 못했다. 어느 날, 목장 주인이 로빈 영감에게 가축들을 요크셔 주의 가축 시장까지 몰고 가라고 지시했다. 울리는 374마리의 양을 몰아야 하는 그 일을 맡고 무척 기뻐했다.

노섬벌랜드로의 긴 여정은 별다른 문제 없이 착착 진행되었다. 나룻배에 실린 양들은 틴 강을 건너 매연이 자욱한 사우스쉴즈에 무사히 도착했다. 거대한 공장의 굴뚝들이 연방 뿌옇고 우중충한 매연을 뿜어 내며 하루를 시작하고 있었다.

납 성분이 포함된 그 연기는 대기를 우중충하게 만들고 폭우를 머금은 비구름처럼 거리 위에 낮게 걸려 있었다. 양들은 그것을 보고 곧 폭풍우가 몰려올 것이라고 예상했다. 그래서 파수꾼의 저지에도 불구하고, 374마리 모두가 서로 다른 방향으로 흩어져 버렸다.

그것을 보는 순간, 속좁은 로빈 영감의 마음속에서는 짜증이

스멀스멀 올라오기 시작했다. 그는 잠시 멍한 눈길로 양들을 바라보다가 울리에게 이렇게 명령했다.

"울리, 양들을 모아 와."

그러고는 바닥에 앉아서 파이프에 불을 붙이고 반쯤 짜다 만 양말을 꺼내 뜨개질을 하기 시작했다. 울리에게 로빈 영감의 목소리는 곧 신의 음성이나 다름없었다. 녀석은 뿔뿔이 흩어져 달아나는 374마리의 양들 앞으로 일일이 달려가 가로막은 다음, 어렵사리 한 군데로 모아서 나루터로 데리고 왔다.

로빈 영감은 이제 양말의 앞부리를 완성하기 직전이었다.

울리가 양들이 다 모였다는 신호를 보내자, 늙은 양치기는 수를 세기 시작했다. ……370, 371, 372, 373.

그러다 갑자기 이렇게 소리쳤다.

"울리! 한 놈이 없잖아. 한 놈을 더 찾아와."

울리는 없어진 양 한 마리를 찾기 위해서라면 도시 전체를 뒤질 듯한 태세로 튀어 나갔다. 그러고 나서 얼마 뒤, 꼬마 한 명이 다가와 374번째 양이 있는 곳을 로빈 영감에게 일러 주었다.

순간, 로빈 영감은 깊은 고민에 빠졌다. 당장 요크셔로 돌아가야 했기 때문이다. 하지만 자존심 강한 울리는 다른 양을 훔쳐서라도 꼭 숫자를 채워야만 돌아올 터였다. 사실은 비슷한 일이 그전에도 있었다.

주당 5실링의 돈이 걸려 있는 문제였다. 울리처럼 훌륭한 개를 잃는 것은 무척 안타까운 일이지만, 그에게 더 중요한 것은 목장 주인의 명령이었다. 만일 울리가 숫자를 채우기 위해 다른 양을 훔쳐 온다면? 로빈 영감은 고개를 절레절레 흔들었다. 결국 울리를 포기하고 양 떼를 혼자 끌고 돌아가기로 결심했다.

그동안 울리는 온 동네를 다 헤매었다. 그러나 잃어버린 양은 도무지 찾을 길이 없었다. 온종일 양을 찾아다니다가 밤이 되어서야 굶주리고 지친 얼굴로 살금살금 나루터로 돌아왔다. 그런데 로빈 영감과 양 떼가 모두 사라지고 없었다. 녀석은 슬픔에 빠진 채 로빈 영감을 찾아 나룻배를 타고 반대편으로 건너갔다.

곳곳을 찾아 헤매다가 다시 사우스쉴즈로 돌아와서는 그날 밤을 꼬박 자신의 못돼먹은 주인을 찾는 데다 허비했다. 다음 날도 주인을 찾아다니느라 강을 몇 차례나 건너고 또 건넜다. 지나가는 사람들의 냄새를 하나하나 맡았을 뿐 아니라, 주인이 갈 만한 선술집을 샅샅이 뒤졌다. 그러다가도 나룻배로 강을 건널 것처럼 보이는 사람이면 누구든지 가까이 다가가 킁킁거리며 냄새를 맡았다.

나룻배는 대략 백여 명의 사람들을 싣고서 하루에 오십 번씩 왕복했다. 녀석은 한 번도 빠짐없이 건널판에 서서 만 개나 되는 다리의 냄새를 맡으며 조사를 했다. 하루가 가고 이틀이 가고 일주일이 지나가도 울리는 나루터를 떠나지 않았다. 나중에는 먹는 것조차 소홀히 하기 시작했다.

굶주림의 시간이 길어지자, 울리는 점점 야위어 가면서 성질까지 나빠졌다. 아무도 녀석을 건드리지 못했다. 행여라도 누군가가 사람들의 다리 냄새를 맡는 일을 방해하면 물불 가리지 않고 덤벼들었다.

울리가 그토록 간절하게 기다렸지만, 몇 주일이 지나도 주인은 나타나지 않았다. 오히려 나룻배의 선원들이 녀석의 충성심을 존경할 지경이었다. 처음에 녀석은 선원들이 마련해 주는 음식과 잠자리를 모두 거절했다.

그러나 굶어 죽을 지경이 되자, 음식물을 주는 사람의 호의를 기꺼이 받아들이고 너그럽게 대하기 시작했다. 그러는 중에도 보잘것없는 주인에 대한 녀석의 충성심은 한결같았다.

그로부터 열넉 달이 지난 후, 나는 우연히 울리를 만나게 되었다. 그때도 녀석은 여전히 자기 자리를 지키며 임무에 충실했다. 이제는 예전의 그 멋진 외모가 되돌아와 있었다. 목둘레에 난 하얀 털은 영리하고 잘생긴 녀석의 얼굴을 한층 돋보이게 했다. 쫑긋한 귀는 사람들의 이목을 끌기에 충분할 만큼 근사했다. 그러나 내게 두 번 이상 눈길을 주지는 않았다.

녀석은 내 다리를 보고서 주인의 다리가 아니라는 것을 단박에 알아차렸다. 그 후로도 주인 찾는 일을 계속했다. 열 달 가까이 나는 녀석과 친해지려고 온갖 노력을 다 해 보았다. 하지만 끝내 친해지는 데는 실패하고 말았다.

이 충성스러운 개는 이 년 내내 이 나루터를 서성거렸다. 녀석이 산으로 돌아가지 않은 것은 길을 잃을까 봐서가 아니었다. 단 한 가지 이유뿐이었다. 녀석에게는 신과 같은 존재인 로빈 영감이 나루터 근처에서 자신을 기다리고 있으리라는 확신 때문이었다. 따라서 녀석은 그곳을 떠날 수가 없었다.

울리는 강을 건너는 일을 몇 번이고 반복했다. 개 한 마리에게 받는 요금이 1페니였으니까, 녀석은 이미 수백 파운드가 넘는 돈을 선박 회사에 빚진 셈이었다.

녀석은 여전히 건널판을 오가는 사람들의 다리를 하나도 빼놓지 않고 냄새를 맡았다. 다리 수만 계산해도 육백만 개나 되었다. 그러나 목표치에는 아직 미치지 못했다.

로빈 영감의 소식은 아무도 알지 못했다. 그러던 어느 날, 건장한 양몰이꾼이 나룻배의 하역용 경사면을 성큼성큼 걸어 내려왔다. 울리는 기계적으로 새로운 인물을 조사하러 뛰어갔다. 그런데 갑자기 털을 곤두세우며 온몸을 부들부들 떨더니, 낮게 으르렁거리며 그 양몰이꾼에게 신경을 곤두세웠다.

울리의 행동을 이해하지 못한 뱃사람이 그 양몰이꾼에게 말했다.

"이봐, 이러다 당신이 우리 개를 잡겠군그래."

"누굴 잡는다고? 오히려 내가 물리겠구먼."

더 이상 언쟁은 이어지지 않았다. 울리의 태도가 별안간 달라졌기 때문이다. 돌연 양몰이꾼에게 재롱을 부리기 시작했는데, 녀석이 누군가에게 이렇듯 꼬리를 호들갑스럽게 흔드는 것은 몇 년 만에 처음 보는 일이었다.

사실 이 양몰이꾼 돌리는 로빈 영감과 잘 아는 사이였다. 그가 낀 벙어리장갑과 털목도리는 로빈 영감이 손수 떠서 사용하다가 건네준 것이었다. 울리는 신통하게도 돌리에게서 주인의 흔적을 찾아낸 것이었다.

녀석은 나루터에서 자리를 지키던 일을 그만두고, 장갑의 주인에게 찰싹 달라붙어서 자기의 의도를 표현하려 애썼다. 결국 돌리는 더비셔 주 언덕에 있는 자신의 집으로 울리를 데리고 갔다. 그곳에서 녀석은 또다시 양 떼를 돌보는 일을 맡았다.

몬살데일은 더비셔 주에 있는 매우 유명한 계곡이다. '피그 앤드 휘슬'은 이 계곡에서 유일하게 이름 있는 여관이었다. 땅 주인인 조 그레이토렉스는 요크셔 주 사람으로, 천성적으로 개척 정신이 강했다. 이 지역은 오래전부터 밀렵이 성행했다.

울리의 새 집은 조의 여관 위쪽에 있는 계곡의 동쪽 고지에 있었다. 나는 자연스럽게 몬살데일을 떠올렸다. 울리의 새 주인이 된 돌리는 저지대에서 소규모 농장을 운영했는데, 황무지에서 많은 수의 양을 방목하고 있었다. 울리는 양들이 풀을 뜯는 동안 지키고 있다가, 밤이 되면 우리로 데려오는 일을 했다. 역시나 예전의 총명함을 유감없이 발휘했다.

녀석은 개치고는 붙임성이 없는 데다 다른 곳에 정신을 팔려 있는 경우가 많았다. 낯선 이에게 쉽게 이빨을 드러내고 으르렁대는 편이었지만, 양 떼를 돌보는 일에는 한 치의 소홀함이 없었다. 그 덕에 이웃의 다른 농부들은 해마다 독수리와 여우에게 양을 상납하고 있었지만, 돌리는 그해에 단 한 마리도 잃지 않았다.

그 골짜기는 여우를 사냥하기에 그리 적당한 곳이 아니었다. 바위투성이의 산등성이에다가 가파른 절벽이 많아서 말을 몰기가 쉽지 않았다. 바위산에는 숨을 곳이 워낙 많아서 여우가 들끓지 않는 게 더 이상할 지경이었다.

사실 1881년 이전까지만 해도 그리 큰 문제는 일어나지 않았다. 교활한 늙은 여우 한 마리가 치즈 속에 사는 쥐처럼 이 짭짤

울리가 조의 목장에서 양 떼를 돌보고 있다.

한 지역에 머물면서 사냥꾼과 농부의 개들을 비웃듯 활개를 치기 전까지는.

최고의 사냥개들에게 추적을 당한 적이 예닐곱 번 정도 있기는 했다. 그때마다 녀석은 '악마의 구멍'으로 잽싸게 달아났다. 바위 사이로 좁은 틈이 끝도 없이 이어지는 이 작은 협곡으로 가면 일단 안전이 보장되었다.

이 지역에 사는 사람들은 녀석이 매번 그 악마의 구멍으로 도망가는 것이 우연이 아니라고 생각했다. 더구나 사냥개 한 마리가 이 악마의 여우를 거의 잡을 뻔하다가 미쳐 버리는 일이 생기자, 이 여우에게 뭔지 모를 영험한 힘이 있다고 믿기까지 했다.

녀석의 약탈 편력은 대담한 습격과 일촉즉발의 아슬아슬한 탈출을 반복하면서 계속되었다. 마침내는 다른 늙은 여우들이 그러하듯이 살육에 맛을 들이기 시작했다. 그 바람에 딕비는 불과 하룻밤 만에 양 열 마리를, 캐럴은 그 이튿날 밤에 일곱 마리를 잃고 말았다.

이 지역의 주택지에 자리잡은 오리 연못은 날이 갈수록 황폐해져 갔다. 사람들이 밤에 거의 나다니지 않게 되면서 가금류나 양은 물론, 심지어 송아지까지 죽어 나갔다.

물론 이 모든 학살극이 악마의 구멍에 사는 그 여우 한 마리의 짓이라고 단정할 수만은 없었다. 사람들이 아는 것이라고는, 엄청나게 큰 발자국으로 보아 덩치가 매우 큰 여우라는 것뿐이었다.

사냥꾼들조차도 녀석의 모습을 제대로 본 적이 없었다. 일대에서 가장 믿을 만한 사냥개인 선더와 벨조차도 녀석을 사냥할 때면 냄새를 맡고서도 짖으려 하지 않았다. 심지어 발자국을 추적하려고도 들지 않았다.

최고의 사냥개를 소유한 사람이 이 지역을 기피했다는 사실만 보아도, 녀석의 악명이 얼마나 높은지 알 만했다. 조는 몬살데일에 사는 농부들을 한데 모은 후, 눈이 오는 즉시 온 지역을 이 잡듯 뒤져서라도 그 '미친' 여우 놈을 잡아 없애기로 결정했다. 그러나 오래도록 눈이 내리지 않는 바람에 그 빨간 털 여우의 목숨에도 별일이 생기지 않았다. 그 나름의 철칙을 어기는 법이 없었기 때문이다. 무슨 일이 있어도 같은 농장에 이틀 밤 연달아서 나타나지는 않았다. 밤에 녀석이 다녀간 흔적은 대개 잔디밭이나 도로 위에서 끝나 있었다.

언젠가 나는 녀석을 한 번 본 적이 있었다. 폭풍우가 심하게 몰아치던 날 밤이었다. 나는 그날 밤늦게 베이크웰에서 몬살데일로 걸어가고 있었는데, 스테드 씨네 양 우리의 모퉁이를 돌 때 정체를 알 수 없는 빛이 선명하게 번쩍였다. 그 순간 나는 움찔했다. 20미터쯤 되는 곳의 도로변에 큼지막한 여우 한 마리가 웅크리고 앉아서 주둥이를 핥으며 악의에 찬 눈길로 나를 응시하고 있었다.

내가 본 것은 이것이 전부였다. 아마도 그다음 날 아침, 그 우리에서 스물세 마리의 양이 죽은 채 발견되지 않았더라면, 내가 뭔가를 잘못 보았다고 생각했을 것이다. 그런데 그 사건이 소문난 그 약탈꾼의 소행임을 말해 주는 뚜렷한 징표가 있었다.

위기를 면한 사람이 딱 한 명 있었는데, 그가 바로 돌리였다. 대단히 놀라운 일이었다. 왜냐하면 그는 악마의 구멍에서 1.5킬로미터쯤 되는 곳, 즉 습격 지역의 중심부에 살고 있었기 때문이다. 이로써 충직한 울리는 자신이 근처의 개들 가운데 가장 쓸만하다는 것을 너끈히 증명해 보였다.

밤마다 녀석은 양을 한 마리도 잃지 않고 온전히 데리고 왔다. 미친 여우가 마음만 먹었다면 얼마든지 돌리의 집 주위에서 먹을 것을 찾았겠지만, 영리하고 용감하고 민첩한 울리가 녀석의 적수 이상이었기에 언제나 주인의 양 떼를 무사히 구했다. 뿐만 아니라 자신도 털끝 하나 다치지 않았다.

마을 사람들은 울리에게 깊은 경의를 표했다. 점점 더 괴팍해지는 성질만 아니었다면, 녀석은 마을에서 가장 인기 있는 양치기 개가 되었을 것이다. 울리는 돌리 외에도 영민하고 아름다운 큰딸 훌다를 좋아했다. 그녀는 집안의 크고 작은 일들을 맡아서 관리하고 있었기 때문에 울리에게는 후견인이나 다름없었다. 울리는 돌리의 가족에게는 지극히 관대했지만, 다른 사람이나 개한테는 뭔지 모를 반감을 나타냈다.

이러한 성격은 내가 녀석을 마지막으로 보았을 때 가장 도드라졌다. 나는 그 집 뒤의 벌판을 가로질러 나 있는 오솔길을 걷고 있었다. 그때 울리는 현관 층계참에 누워 있었는데, 내가 가까이 다가가자 자리에서 벌떡 일어났다. 그러더니 빠른 걸음으로 나를 쫓아와 10미터쯤 앞에서 길을 가로막고 섰다.

녀석은 말없이 서서 골똘히 먼 황야를 주시했다. 단지 머리털을 약간 곤두세우는 것으로, 자신이 목석이 아니라는 사실을 일러 주었다. 내가 좀 더 가까이 다가가도 꿈쩍을 하지 않았다.

나는 싸울 마음이 없었기에 녀석의 코를 스쳐 지나 계속 걸어갔다. 녀석은 얼른 자리를 박차고 일어나더니, 아까와 같이 기분 나쁜 침묵을 흘리며 5~6미터쯤 걸어간 후 다시 길을 막아 섰다.

나는 한 번 더 녀석의 코를 스치며 지나쳤다. 그러자 갑자기 아무 소리도 없이 내 왼쪽 뒤꿈치를 콱 물었다. 순간적으로 화가 치밀어서 녀석을 발로 훅 걷어차자 재빠르게 멀리로 달아나 버렸다.

나는 큰 돌을 주워 녀석에게 힘껏 던졌다. 녀석은 허벅다리 뒤쪽에 돌을 맞고는 공처럼 굴러 도랑에 쿡 처박혔다. 그러자 숨을 헐떡거리며 사납게 으르렁거리다가, 이내 도랑에서 기어 나와 절뚝거리며 조용히 사라졌다.

이렇듯 바깥 것들에는 한없이 신경질적이고 사나웠지만, 돌리네 양들한테만큼은 언제나 친절했다. 녀석이 양을 구해 낸 이야기는 수도 없이 많았다. 못이나 구릉에 빠졌던 어린 양들 가운데 상당수가 울리의 총명한 도움이 없었다면 벌써 저세상으로 가버렸을 것이다.

녀석은 바닥에 뒹굴고 있는 암양을 보면 늘 똑바로 일으켜 주었다. 녀석의 예민한 눈과 두둑한 용기 앞에서는 황야의 독수리조차도 감히 앞에 나설 엄두를 내지 못했다.

몬살데일의 농부들이 그 미친 여우에게 밤마다 공물을 바치고 있던 12월 하순, 갑자기 하늘에서 눈이 쏟아져 내렸다. 과부인 겔트가 양 스무 마리를 모두 잃어버리자, 그날 아침 일찍 결사대가 조직되었다. 총을 든 억센 농부들이 눈 위에 고스란히 드러나 있는 발자국을 따라 길을 나섰다.

여우의 발자국은 엄청나게 컸다. 선명한 발자국이 한동안 이어지는가 싶더니, 강에 이르자 녀석의 교활함이 그대로 민낯을 드러냈다. 아직 얼지 않은 쪽으로 껑충 뛰어들었던 것이다.

하지만 반대편에도 발자국은 남아 있지 않았다. 오랫동안 수색한 끝에 400미터쯤 더 올라간 데서 겨우 녀석의 흔적을 찾아냈다. 녀석의 발자국은 헨리네 높다란 돌담 위로 이어졌다. 그곳엔 눈이 쌓이지 않아서 발자국이 남아 있지 않았다. 참을성이 많은 사냥꾼들은 중간에서 지레 포기하지 않았다.

얼마 후 녀석의 흔적이 돌담에서 고지대 도로 사이의 미끈한 눈 위로 이어져 있는 것을 찾아냈다. 사냥꾼들 사이에서는 몇 가지 의견이 분분했다. 누구는 발자국이 위를 향한다고 했고, 또 누구는 도로 아래로 이어진다고 주장했다. 결국은 조가 나서서 이 문제를 해결했다. 다행히 오랜 추적 끝에 녀석의 발자국으로 추정되는 것들이 다시 발견되었다.

좀 더 큰 발자국이 도로를 벗어나 양 우리가 있는 곳으로 이어졌다. 또다시 의견이 갈라졌다. 이곳에서는 아무것도 해치지 않고 사람들의 발자국을 그대로 밟으며 지나갔다는 사람이 있었고, 거기서 황무지 길을 통해 돌리네 농장으로 곧장 걸어갔다고 말하는 사람이 있었다.

그날은 눈이 오는 바람에 양들이 모두 우리 안에 있었다. 할 일이 없어진 울리는 널빤지 위에 누워 햇살을 쬐었다. 그러다 사냥꾼들이 집 가까이로 오자, 사납게 으르렁거리며 양 떼 주위를 서성댔다. 조는 울리가 방금 내린 눈 위를 지나간 곳으로 걸어가서 발자국을 힐끗 보고는 속으로 깜짝 놀랐다.

그는 양치기 개를 가리키며 힘주어 말했다.

"여우의 발자국은 놓친 것 같아. 하지만 겔트네 양들을 죽인 놈은 바로 여기 있군그래."

몇몇 사람은 조의 의견에 금방 동의했다. 하지만 다른 몇몇 사람은 그 발자국을 의심하며 다시 여우를 추적하러 가야 한다고 말했다. 바로 그때 돌리가 집 안에서 나왔다.

"돌리!"

조가 말했다.

"자네 집 개가 지난밤에 겔트네 양을 모두 죽였어. 우리가 보기엔 처음 있는 일이 아닌 것 같은데……."

"뭔 소리야? 자네들 정신이 어떻게 된 거 아니야? 이 녀석이 양을 얼마나 사랑하는데."

돌리의 말에 조가 언성을 높였다.

"아, 우린 지난밤에 무슨 일이 있었는지 다 보았다네."

사냥꾼들은 그날 아침에 일어난 사건을 이야기했다. 하지만 돌리는 울리에 대한 시기심에서 비롯된 음모라고 우겼다.

"울리는 매일 밤 부엌에서 잠을 자. 양을 지키라고 명령하기 전까진 절대로 밖에 나가지 않는다고. 녀석은 여태껏 양을 한 마리도 잃어버린 적이 없어."

돌리는 울리의 명성을 형편없게 만드는 데 울화가 치밀어 몹시 흥분했다. 조와 그의 동료들도 덩달아 화를 냈다. 그때 잠자코 듣고 있던 훌다가 이런 제안을 하였다.

"아버지, 제가 오늘 밤에 부엌에서 잘게요. 만약 울리가 밖에 나가지 않았는데도 양들이 들판에 죽어 있다면 범인이 아니라는 게 증명되는 거잖아요."

그날 밤 훌다는 긴 소파에 몸을 뻗고 누웠고, 울리는 여느 때처럼 탁자 밑에서 잤다. 밤이 깊어 가자 녀석은 안절부절못하며 어쩔 줄 몰라 했다. 잠자리에서 몸을 뒤척이더니 두어 번가량 일어나 몸을 쭉 펴서 훌다를 쳐다보고는 다시 누웠다.

2시 무렵이 되자, 녀석은 뭔지 모를 이상한 충동에 사로잡혀 더 이상 참을 수 없는 지경이 되었다. 조용히 일어서서 창문 쪽으로 눈길을 주더니 미동도 하지 않고 누워 있는 소녀를 한참 동안 바라보았다. 훌다는 마치 잠을 자는 것처럼 숨을 가만히 내쉬었다. 울리는 그녀의 얼굴에 코를 들이댄 채 냄새를 맡기도 하고 콧김을 뿜어 보기도 했다.

그런데도 아무런 움직임이 없었다. 녀석은 코로 훌다를 슬쩍 건드려 보았다. 그러고는 예민한 귀를 앞으로 쫑긋 세우고 훌다의 평온한 얼굴을 다시금 살폈다. 여전히 아무런 반응이 없었다. 녀석은 창가로 걸어가서 소리없이 탁자 위로 올라갔다. 코를 문살 밑으로 넣은 다음, 무게가 얼마 나가지 않는 창틀을 한쪽 발

울리가 소파에 누워 있는 홀다가 잠들었는지 살피고 있다.

로 들어 올렸다.

그런 다음 엉덩이와 꼬리로 창틀을 받친 뒤 유유히 밖으로 빠져나갔다. 어찌나 능숙하던지 꽤 여러 번 해 본 솜씨처럼 보였다. 녀석은 곧 어둠 속으로 사라졌다.

훌다는 소파에 누운 채 이 광경을 놀란 표정으로 지켜보았다. 녀석이 완전히 사라진 것을 확인하고는 아버지를 부르려고 일어났다가, 결정적인 증거를 잡기 위해 조금 더 기다려 보기로 마음을 바꿨다. 어둠 속을 뚫어져라 바라보았지만 울리의 모습은 그 어디에도 없었다.

그녀는 난로에다 장작을 더 집어넣고는 다시 소파에 누웠다. 그러고는 한 시간이 넘게 부엌의 시계에서 나는 소리를 들으며, 울리가 무엇을 하고 있을지 골똘히 생각에 잠겼다. 녀석이 겔트 아주머니네 양들을 죽였다는 게 사실일까? 그러나 자기 집 양들에게는 너무나 온순하지 않던가? 갑자기 머릿속이 복잡해졌다.

똑딱거리는 시계 소리와 함께 한 시간가량이 흘렀다. 창가에서 미세한 소리가 들리자 훌다는 심장이 마구 뛰었다. 창을 긁는 소리가 들리더니, 곧이어 창틀이 들어 올려졌다. 순식간에 울리가 부엌으로 들어오더니 이내 창을 닫았다.

흔들리는 불빛 속으로 녀석의 모습이 보였는데, 두 눈이 야생동물처럼 이글거리고 있었다. 눈이 묻어 있는 가슴과 턱에는 생긴 지 얼마 안 되는 핏자국이 있었다. 녀석은 약하게 헐떡거리던

숨을 멈추고 소녀를 유심히 살폈다. 그녀가 움직이지 않는 것을 확인하고는 한두 차례 낮게 으르렁거리며 주둥이로 앞발을 핥기 시작했다.

훌다는 조의 말이 사실이라는 걸 알아챘다. 나아가 몬살데일의 그 무시무시한 여우가 바로 자기 앞에 서 있다는 사실이 새삼스럽게 머리를 스치고 지나갔다. 훌다는 몸을 일으킨 뒤, 울리를 똑바로 쳐다보며 소리쳤다.

"오, 울리! 네가 그 끔찍한 여우라니."

그녀는 녀석을 격렬하게 꾸짖었다. 그 소리는 조용한 부엌 안에 울려 퍼졌다. 울리는 총에라도 맞은 듯 뒤로 성큼 물러섰다. 녀석은 닫힌 창문 쪽을 절망적인 눈길로 힐끗 쳐다보았다. 순간, 녀석의 눈에 광채가 흐르기 시작하더니 털이 바짝 곤두섰다. 그러나 훌다가 뚫어지게 쳐다보자, 움찔해서는 마치 자비를 구하기라도 하듯 바닥에 엎드렸다.

그러고는 훌다에게로 천천히 기어오더니, 갑자기 성난 호랑이처럼 목덜미로 뛰어올랐다. 소녀는 불시에 공격을 받았지만 제때 팔을 들어 올려서 녀석을 뿌리쳤다. 곧이어 녀석의 길고 번뜩이는 엄니가 훌다의 살 속으로 파고들었다.

"도와주세요! 도와주세요! 아빠, 아빠!"

훌다는 힘껏 비명을 질렀다. 울리의 몸무게가 얼마 나가지 않기 때문에 잠시 동안은 밀쳐서 내동댕이칠 수 있었다. 그러나 싸움은 급기야 둘 중 하나가 죽느냐 마느냐 하는 문제로 바뀌고 말았다.

"아빠! 아빠!"

훌다는 또다시 비명을 질렀다. 노란 털의 성난 짐승이 그녀를 죽이기로 작정이라도 했는지 손을 마구 물어뜯었다. 늘 자신에게 먹이를 주던 그 고마운 손을…….

녀석이 훌다의 목을 막 물려는 찰나, 돌리가 부엌으로 뛰어 들어왔다.

울리는 돌리에게로 몸을 돌리더니 순식간에 달려들어 다짜고짜 물어뜯었다. 돌리는 쇠막대를 힘껏 휘두르고는 돌바닥 위로 넘어져 헐떡거리는 녀석과 몸싸움을 벌였다.

울리는 끝까지 죽기 살기로 반항했다. 돌리는 벽난로의 재받이 돌에 녀석의 머리를 내리쳤다. 아주 오랫동안 충직하기 그지없었던 울리가, 배신이라곤 모르던 울리가 잠시 동안 몸을 바르르 떨더니 바닥에 힘없이 축 늘어졌다.

그 후로 울리는 두 번 다시 일어나지 못했다.